Lev vel
- vendepunkter

Udgivelser af forfatteren

Romaner
Jeg kidnappede min datter. BoD
Hemmeligheder. BoD
Tab og vind. BoD

Vendepunkter
8. LEV VEL. BoD
7. Knald eller fald. BoD
6. Rub og stub. BoD
5. Revl og krat. BoD
4. Det bimler og bamler. BoD
3. Det knirker og knager. BoD
2. Bulder og brag. BoD
1. Himmel og hav. BoD

Pædagogik
Pædagogik – refleksion og faglighed. Gyldendals Forlag
Pædagogikkens 7 forhold. Semi-forlaget.
Case-studier i profession og uddannelse. Gyldendals Forlag
Udviklingsarbejde – hvordan. Semi-forlaget
Forældresamarbejde en uvant praksis. Semi-forlaget
Nej til folkeskolen? Ja til ansvar. Borgens Forlag

Åge Rokkjær

LEV VEL
- vendepunkter

LEV VEL
-vendepunkter
© 2024 Åge Rokkjær
Omslag og opsætning: Åge Rokkjær og Niel Rokkjær
Illustrationer: Åge Rokkjær
Forlag: BoD · Books on Demand GmbH, In de Tarpen 42,
22848 Norderstedt, Tyskland
Tryk: Libri Plureos GmbH, Friedensallee 273, 22763 Hamborg,
Tyskland
ISBN: 978-87-4305-792-5

Vendepunkter

Vendepunkter beretter om hændelser, følelser,
oplevelser, undren, stillingtagen, optagethed, om
fremtiden – alt sammen fragmenter fra og
omkring mit liv.

Fortællingerne har derfor en betydning for mig,
som naturligvis kun giver mening for dig, hvis
du kan se meningen. Men ellers er det bare at
læne dig tilbage og indleve. Det giver vel også god
mening.

God forventning og lev vel
Åge Rokkjær

Liv i livet

Jeg sover

Jeg sover ikke
længe
om morgenen
længere.
Som pensionist
vil jeg nu
have det bedste
ud af
dagens længde.

Og som dagen
er gået,
kan jeg se
af det jeg har nået
passer fint med
at jeg kunne
have sovet
to timer
længere.

Jeg overvejer
og spekulerer
og tænker
om det
måske
i stedet
kunne være løsningen
at gå to timer senere
i seng.

Om sex

Nogen påstår
at sex er kommet
for at blive.

Men det er
som med hukommelsen.
Man husker mindre og mindre
Måske fordi
man ikke længere
har brug for
at huske så meget.

Hvad var det nu,
jeg kom fra?
Nåh ja.

Jeg påstår
at tørsten er kommet
for at blive.

Men det har jeg måske sagt.

Ikke så svært

Spis
mørkegrønt bladgrønt,
bær, bælgfrugter og nødder,
en skefuld malet hørfrø
og en teskefuld gurkemeje
hver dag.

Simpelthen.
Hvor svært kan det være?

Spis
fem portioner frugt og grønt
dagligt,
undlad at ryge,
gå 20 minutter om dagen
og undgå overvægt.

Simpelthen.
Hvor svært kan det være?

Spis
hver dag dine piller
mod forhøjet blodtryk
mod forstørret prostata
50+ vitaminpillen
og fiskeolie.

Simpelthen.
Hvor svært kan det være?

6 kilo

6 kilo
er meget,
når de sidder
så maven stritter,
som om jeg er
6 måneder henne
eller mere.

Nu er jeg tilfældigvis
en mand.
Men alligevel.

Så sprang jeg
morgenmaden over.
"Du skal da have din morgenmad.
Det er det vigtigste måltid.
Det kan jeg ikke undvære!"

Så sprang jeg
frokosten over.
"Pas nu på.
Man skal have noget
at stå imod med,
når man bliver syg."

Men alligevel.
Nu har jeg
tabt de 6 kilo.

- FÅR DU OVERHOVEDET
NOGEN PROTEINER?

- PROTEINER!?
NEJ, DET HAR JEG DOG
ALDRIG HVERKEN
SPIST ELLER DRUKKET!

8-18

Kaffe til morgenmad.
og en energidrik til frokost.

Så glæder jeg mig
til aftensmaden.
Drikker en god øl.
Spiser langsomt.
Nyder det.

Cykler
28 km i timen
til tennis
på min elcykel.
Tre gange om ugen.
Husker cykelhjelmen.

Er ikke længere på kur.
Kan passe
mine gamle bukser
- igen.

Så nu fortjener jeg
Lidt saltede chips
og et glas kold rosé
med Aperol
- eller to.

- I SØNDAGS STOD JEG OP
OG BESLUTTEDE AT
GÅ PÅ KUR.

- FLOT, HVOR LÆNGE
VAREDE DEN ?

- TIL FROKOST !

Kuren der virker

Hver gang jeg spiser

... sætter kroppen gang i
en lille inflamationsproces,
for at beskytte mod
indtrængende mikroorganismer!

... producerer kroppen cellegift
i form af frie radikaler
der kan skade vores dna!

... kan det føre til flere celledelinger
som kan forkorte telomererne,
der sidder på kromosomernes ender.
Det reducerer vores cellers levetid!

Derfor skal du ikke gå og småspise hele tiden.

Det er de lange pauser mellem måltiderne
og ikke de færre kalorier der virker,
hvis du vil leve slankt, sundt og længe
viser forsøg med mus og aber,

Så nu forstår du helt klart,
hvorfor jeg springer et
eller to måltider over
om dagen.

Festlige stunder

Åbent hus

Jeg holder
ÅBENT HUS
på min 82-års fødselsdag
den 11. august

Du er velkommen hele dagen.

Vi vil hygge os med
60'er musik,
pizzaer
vin, øl og kaffe
mulighed for gode snakke,
en tur i galleriet,
lege
og en svingom.

Ønsker: at *du* kommer.
SU: *Jeg* kommer.

-TIVOLI STÅR ÅBEN!
- NÅH PYT JEG HAR
SÆSONKORT.

Nyfødt

Velkommen mit barnebarn
til Danmark
Verdens lykkeligste land
Lars Løkke
Silikonebryster
Bandekrige
Klimaproblemer
Økonomisk krise

Men også velkommen til din familie,
venner og bekendte
til din far og mor
dine bedste forældre i verden
(æblet falder jo ikke langt fra stammen).

Velkommen til din mormor og farmor
og velkommen til din farfar
som jo nok får fornøjelsen af at få besøg,
når du kommer cyklende på den trehjulede
de 500 meter hen til mig.

Jeg må sige, at jeg faldt for dig
fra første gang jeg så dig.
Kærlighed ved første blik.

Og som du dog vokser
og smiler tilfreds med at være der, hvor du er
i mors arme, suttende på hendes bryst.
Med far i nærheden til at passe på dig
og til at hente ting og sager
og tage billeder af dig og mor.

Sikke et intenst blik, jeg får.
Sikke du dog har stærke fingre,
der snart vil hive dig op at stå i kravlegården.
Dig er der liv i.

Tak fordi du landede her i familien.
Det skal der nok komme nogle gode sange ud af.
Velkommen.

Søren Kirkegård siger:
Det er dejligt at snakke med børn
thi om dem tør man da håbe,
de kan blive fornuftsmennesker.
Men dem der er blevet det
Herre Jemini

Mit kære barnebarn

Først stort tillykke med din *non*firmation.

Da jeg blev *kon*firmeret, var jeg 14 år. Og så sagde man: "Nu, min ven, går du ind i de voksnes rækker." Hvad det betød har jeg aldrig fundet ud af. Jeg tænkte at det sikkert betød, at jeg godt må drikke en øl en gang imellem. Det har jeg så gjort siden.

Min far. Han skulle ud at tjene, da han var 12 år. Han måtte flytte hjemmefra og ind på en gård. Her skulle han bl.a. køre kolort på trillebør fra stalden og ud på møddingen.

Min konfirmation betød for mig, at jeg fik et helt nyt sæt tøj med slips. Og at jeg i konfirmationsgave fik en helt ny cykel.

I dag går man åbenbart tidligere ind i de voksnes rækker, nu hvor du om en måneds tid bliver 13 år. Så nu må du sikkert godt få en energidrik en gang imellem. Også selv om de er ved at forbyde det for unge under 18.

Nu er det vel så også så på tide at du kommer ud at skovle kolort. I hvert skal du om et par år tage stilling til hvad du gerne vil være – skal du i gymnasiet eller i en erhvervsuddannelse og blive kok eller tømrer eller måske fodboldspiller- du er jo lidt af en driblekunstner. Og så er du jo lidt af en charmetrold ... er han ikke (der må klappes).

Når du vælger at holde *non*firmation betyder det at du ikke ønsker en religiøs konfirmationen. Jeg er ikke religiøs, så det har du tilfælles med mig. Og jeg har fint klaret mig uden at bede til Vorherre om godt vejr. Det er nemlig kun et spørgsmål om man har opført sig ordentlig i forhold til sig selv og andre. I går på min fødselsdag var det ganske vist lidt overskyet,

Nå, men det er så i dag vi fejrer din *non*firmation. Det symboliserer og bekræfter at du nu er i *overgangen* fra barn til voksen. De næste 5 år er du med andre ord slet ikke et barn længere, men heller ikke voksen. Så ved du det. Fra nu af handler det ikke kun om at få, men også om at give.

Nogen siger at man først er voksen, når man bliver 18 år, for så får man stemmeret og kørekort og må gifte sig uden at spørge kongen; men du skal selvfølgelig huske allerførst at spørge den pige, som du vil gifte dig med, om hun samtykker. Så det med piger gider du nok ikke endnu. Det er også sjovere at spille playstation.

Måske er du teenager eller bare dig, der ikke længere er et barn, men et menneske – der skal respekteres på en ny måde, og hvor du skal øve dig i at tage det ansvar på dig, som følger når du skal lære at klare dig selv. Man kan sige at du fra i dag er kommet i lære som voksen. Og så dur dårlige undskyldninger ikke længere, for et nyt ansvar for dig selv og andre skal falde på plads. Nu skal du lære at kigge op fra skærmen og se rigtige mennesker i øjnene i stedet ... (der må klappes) ... Uha, den var svær.

Nu skal du altså stå i lære som voksen, så du en dag kan klare dig selv. Stå på egne ben, som man siger. Får du problemer med det, kan du trygt spørge mig. Jeg griner aldrig ad dumme spørgsmål. For ethvert spørgsmål er kun et forsøg på at blive klogere på sig selv og verden. Og det er jo ikke dumt.

Skal vi rejse os og råbe tre korte, et langt og tre korte for at vise at vi alle bakker nonfirmanden op. ... Mit barnebarn er i kommet i lære som voksen ... Hurra hurra hurra - Hurraaaaaaaaaaaa - Hurra hurra hurra

Farfar – din ven

Skærmtrold

Nærværsdræberen
i hånden
kræver opmærksomhed.
Underholder,
sætter mig i kontakt med omverdenen,
svarer på ethvert spørgsmål.
Troværdigt.
Tålmodigt.

Skærmen stjæler fokus
fra kæresten.
Men det er ok
for hun har også en skærm.

Vi får begge
forskellige mails
fra forskellige.
Ser hvad vi har lyst til
hver især.

Vi kender jo hinanden
gennem flere år.
Ved, hvad vi hver især tænker.
Så det er dejligt med input udefra.
Og hvis jeg ikke gider mere
kan jeg jo bare slukke.
Så hvad er problemet?

- SKÆRME BURDE AFSKAFFES !

- HVAD VIL DU SÅ GEMME DIG BAG ?

Udvikling

Tiden går

Hvem kan huske tiden før bilerne
... for godt 100 år siden
Hvem kan huske tiden før pc-en
... for godt 40 år siden
Hvem kan huske tiden før fladskærmen
... for godt 20 år siden
Hvem kan huske tiden før i-Phonen
... for godt 10 år siden
Hvem kan huske tiden før MobilePay
... for godt 5 år siden

Snart er alting længe siden
... gået i glemmebogen.

Fortid er ikke længere fremtid
... gået i kramboden

Nutiden er under voldsomt pres
... gået virtuelt

Fremtiden er dog hvad den har været
... nemlig til at lægge sine drømme ind i.

Udbygning

Kommunen
har netop godkendt
min ansøgning.
Så nu
skal huset forlænges
med 4 meter.

Jeg vil få mig
et nyt køkken.
Det gamle bliver til
bad og toilet.
Så får jeg to toiletter,
som man skal have
i dag.

"Er det ikke lidt sent?"
spørges der
med tanke på min høje alder.

"Så får jeg lidt glæde af mine penge.
Og huset vil stige i værdi."
svarer jeg og tilføjer
for en sikkerheds skyld:
"Men der skal ikke være et trin ned,
som arkitekten foreslog.
Jeg skulle jo gerne kunne komme rundt
med kørestolen, når den tid kommer.
Og så har jeg et ekstra toilet
til medhjælperen.

I vejen?

Min carport
har stået ulovligt i 9 år.
Det var jeg ikke klar over.
Det er der heller ikke andre, der var.

Men kommunen kan ikke have
at den er placeret
udenfor byggelinjen
på min egen grund.
For hvis det utænkelige skulle ske
at vejen med alle bumpene skal udvides,
står den i vejen.

Og det har kommunen jo ret i.

Men hvis det utænkelige skulle ske
at vejen blev udvidet
Så må kommunen give mig erstatning
for den del af min grund
der bliver eksproprieret.
Og så kan jeg bygge en carport for det
på den rigtige side af byggelinjen.

For det har jeg nemlig ret til.

Afvej og udvej

Nu står min carport
en meter uden for byggelinjen
ovre hos min søn.
Det må den godt.

Blot skal han få tinglyst
at han for egen regning
skal rive den ned
hvis det utænkelige skulle ske
at kommunen påtænker
at udvide vejen
i villakvarteret.

Og hvad er så forskellen?

Jeg søgte *ikke* om dispensation
før jeg opførte carporten.
Han søgte om dispensation
før han opførte carporten.

Og der er et *ikke* til forskel.

Det er rart at vide for alle jer i Danmark.
Kald det bare forbrugeroplysning.
Og så er pengene du gav for denne bog
givet godt ud – *ikke*?

Om at vælge

Hvad skal jeg vælge
Det fra Ikea eller HTH?
Aubo eller Vordingborg.
Hvad er billigst?
Hvad er pænest?
Skal det være lyst?
Eller skal det være mørkt?

Skal det være Siemens?
Eller det andet
som jeg ikke kan huske navnet på?

Hvad fanden er en Quooker?
Skal jeg have sådan en?

Min søn kender én
der lige har købt en forretning
med udstillingskøkken til halv pris.
Så det må jeg se på sammen med ham
selv om jeg ikke er begejstret for Invita.

El-giganten sælger også køkkener.
Og Kvik.

Da det her ikke er forbrugeroplysning
siger jeg ikke til nogen
at jeg har valgt
et Epoq-køkken.

Diversitet

I min have kommer der dagligt
duer, skader, råger og solsorte.
De hopper parvis græsplænen igennem.

En nat kiggede jeg ud ad vinduet
og så en flot ræv langsomt passere.
Kort efter var det naboens røde kat.

Da jeg nu var stået op for at tisse
Jagtede mine bare fødder sølvfisk
og fluesmækkeren dræbte fluer.

Æbleviklernes larver
æder gange ind til kernen i mine æbler
og murbier vil bosætte sig under taget.

Heldigvis har myggene ikke fundet vej
men det har myrer og sneglehuse,
bananfluer, hvepse og kålsommerfugle.

Jeg bor ikke i et hus på landet,
Næh, jeg kan skam høre brølet
når der scores på Brøndby Stadion.

Jeg har bygget et lille fuglehus
som blåmejserne gerne vil bo i
og jeg har smadret 617 dræbersnegle.

Hu hej – her kommer jeg

Hvem er jeg?

Jeg er ikke jøde
eller går med kalot
Jeg er ikke muslim
eller siger Allah et-eller-andet.
Jeg er ikke katolik
eller går med kors.
Jeg er ikke protestant
eller går i kirke lillejuleaften.
Jeg er ikke medlem af socialdemokratiet
eller går med en rød knappenål i reverset.

Joh, jeg går med et gul/blå halstørklæde
og hepper på Brøndby
men jeg er ikke medlem
eller smadrer en FCK'er.

Joh, jeg bor i Danmark
og taler dansk og noget engelsk,
en smule tysk, fransk, italiensk og spansk.
Jeg betaler en hulens masse i skat
men får min folke- og tjenestemandspension.
Jeg går til gratis lægetjek en gang om året
og tisser i en lille bambuskop.
Jeg går til tandlæge
men får nogle penge tilbage
for jeg er medlem af Danmark.

Hvad kan jeg?

Verdens bedste
i badminton.
Verdens bedste
i cykling.
Helt i top
i tennis.
Verdens bedste
I håndbold.

Hip hip hurra.
Og det var Danmark
Og det var Danmark
Olé olé olé
Hu … hu … hu
Og hvad ved jeg.

Hvad sker der lige
i lille Danmark.
Og hvad kan jeg?

Heppe.

Og hvad er jeg?

En klaphat.

En pindis

Hvordan gik det hos tandlægen?
Hun sagde højlydt at jeg skulle have penis-i-lim.
Og så var det jeg råbte: "Hvad ved du om det!"

Ja, hun lyder godt nok ikke kompotent.
Nej vel, det kan hun da ikke vide noget om
bare ved at se på tænderne.
Så var det jeg tog mit tøj og skred.
Havde du da taget tøjet af?
Nej for da, kun mit overtøj

Godt du gik.
Ja, hvad kunne der ikke være sket?
Ja, helledusseda.
Ja, hellekusseda – nå da da,
nu kan jeg ikke snakke rent mere,
kun hore, så hævet er jeg.

Gør det ondt.
Ja for da bulen.
Så skal du nok have penis-i-lim.
Hahahaha.

Av-av. Du må ikke få mig til at grine.
Det køler med en is – en pindis.
En penis? Hahaha. Av-av-av. Nu stopper du.

Vidste du det

Hver dag fødes der
180 babyer i Danmark.
I hele verden bliver det til
370.000 sådan cirka.

Mænd bliver blide som lam
når de snuser til en babys
kropsduft HEX, som især udskilles
fra babyens hovedbund.

Til gengæld skrues der op
for kvindens aggressionsniveau.
Hun vil derfor gøre ekstra for
at babyen ikke bliver spist
eller udsat for anden fare.

Vidste du at det er
en menneskerettighed
at alle børn har krav på
særlig omsorg og hjælp,
hvad enten de er født i
eller uden for ægteskab.

Men

at være født med rettigheder
betyder ikke
at du altid har ret.

Kærlighed

Hwa tøvs do?

Københavneren

Hvad synes du om kærlighed?
Hver ting til sin tid!

Hvad synes du så om sex?
Hver ting til sin tid!

Hvad synes du så om mad?
Hver ting til sin tid!

Hvad synes du så om øl?
Joh tak!

Jyden

Hvad synes du om kærlighed?
Hwa æ det fo naw køvenhavneri!

Hvad synes du så om sex?
Nå ska do e bløv fræk, ska do!

Hvad synes du så om mad?
Flæskstej mæ røkål!

Hvad synes du så om øl?
Tov tak!

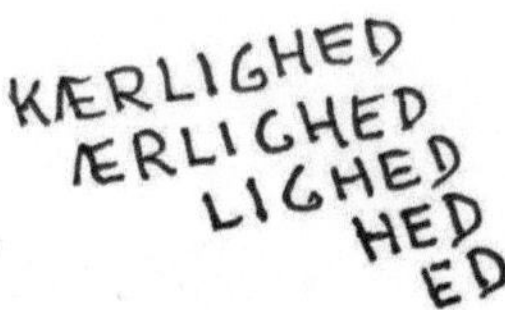

Eller hwa

Forelsket
Verliebt
In love
Amoureux

Jeg elsker dig
Ich liebe dich
I love you
Je t'aime

Min skat
Mein Schatz
My love
Mon amour

Ska' vi sov' eller wa?
Gute nacht oder wie?

It's now or never!
Voulez vous coucher avec moi?

Jeg synes, det er sjovest på dansk.

Forelsket

Jeg er besat.
Tiltrukket.
Hemmeligt
- for vi er begge gift.

Smider al forsigtighed
over bord.
Bliver opdaget
og får forståeligt nok
en flaske i hovedet af hende
jeg før var forelsket i.

Men kan ikke lade være.
Vil absolut holde fast
i den nye forelskelse,
eje den
for enhver pris,
koste hvad det vil.

Syv år gik der.
Så var også den forelskelse
blevet til kluddermor.
Forduftet i den blå luft
sammen med vores datter.

KAN MAN LÆRE
AF SINE
ERFARINGER?

Halvt om halvt

Min ven blev gift og skilt,
og huset blev delt i to.
Nu sidder han der
i sit halve hus.

Et halvt år senere
fandt han en kæreste
eller hun fandt ham
hvad ved jeg,

Straks blev de gift
og hun flyttede ind i hans halve hus.
Særeje var ikke på tale
for man gifter sig ikke for sjov.

Et halvt år senere
havde hun brugt deres penge
på tøj og luksus til sig selv
og noget måtte der ske.

Min ven blev gift og skilt
og huset blev delt i to.
Nu sidder han der
i sit kvarte hus.

Og det kender jeg godt.

Ex'en skrev

Du gjorde mig stærk.
Du har gjort mig ondt.
Du gjorde mig så smuk, åben og sårbar.

Men jeg bærer sårene med ynde.
Blev så dyb værdig og ligetil
Blev hel i dit møde.

Du rensede mine sår.
Sjælen blev fri og stor.
Den fik lov til at flyde
I røgen fra dit flammehav.

Ilden fra dit nærvær
brændte alt overflødigt og overfladisk væk.
Nøgen og fin efterlod du mig
ensom og alene
med en skal af helhed, ægthed og lys.

Jeg savner, elsker, og lider stadig.
Men i kærlighedens favn.
Det er som det skal være.
Måske er det bare nemmere at bære.

Så rolig og fredfyldt
ser jeg livet fra dybde og højde.
Så lille og dog så stor.
Forbundet med himmel, hjerte og jord.

Op al den ting

Grundtvig blev skilt og gift tre gange
for konerne døde.
Og han var endda præst.

Selv prins Joachim blev skilt.
Og han var endda kongelig
og fik selv prinser
også selv om de ikke må hedde det mere.
Og nu er han gift igen

Kendte skuespillere,
tv-værter,
ministre,
ja selv statsministeren
er blevet skilt.

Også alle os almindelige.

Skilsmisse er blevet
allemandseje,
siger en forsker
der også er blevet skilt.

Morale:
Tro ikke, du kan blive rig
ved at spille til guldbryllupper.

Drømmen der blev til virkelighed

Drømmen om at møde
den eneste ene
blev til flere
forelskelser.

Også til flere skilsmisser.
Også til flere børn
med de forskellige
forelskelser.

I dag er drømmen blevet opfyldt
for nu er jeg blevet forelsket
i mig selv
- og dog.

Pludselig ...

LEVES LIVET FORLÆNS
MEN FORSTÅS BAGLÆNS ?

Mødet

Du er lattermild.
Min humor stimuleres
af din glade latter.
Så vi to har glæde af at være sammen.
Jeg kan lide dine berøringer,
så min krop og dine fingre
har stor glæde af at møde hinanden.

Vi glider ubesværet ind og ud
af hinandens liv.
"Du bestemmer!" siger du.
"Hvad synes du,
hvis jeg bestemmer det her?" spørger jeg.
"Fint!" siger du.

Krop og tanker hvirvles ind i hinanden.
Ingen brug for at nedskrive
en samtykkeerklæring.

Vi bor hver for sig
og er ikke involveret
i hinandens familie og venner.
Antallet af invitationer fordobles ikke.
Den individuelle frihed er ikke truet.

Min krop og jeg
synes bare
det er dejligt at mødes
med din krop og dig.

ER DANSKERE
DET LYKKELIGSTE
FOLK I VERDEN?

Kæreste

Du er altid så imødekommende,
glad og lattermild.
Og du er så god til de fine ord.
Siger hver gang vi ses
at du er forelsket i mig.
Og når vi ikke ses
at du savner du mig.

Jeg kan mærke at dine ord
betyder meget for mig.
Men i min mund er de forslidte,
opbrugt på tidligere forhold.
Ligesom blevet til klicheer,
som du ikke fortjener at høre.

Jeg er så heldig at have oplevet forelskelsen
- endda flere gange.
Måske er forelskelsen blevet slidt op.
Måske ønsker jeg ikke
at vores relation
blot skal være en gentagelse.

Måske ønsker jeg ikke forpligtelsen,
der følger med de fine ord.
Jeg vil stå frit og ikke skade dig.

Derfor tænker jeg at du er min muse;
men jeg siger det ikke højt.

Ordene snakker

Kæreste!
Jeg er forelsket.
Det kribler i kroppen,
når det er dig der ringer.
dig der skriver til mig.
Jeg savner dig.
Jeg elsker dig.

Du kan så mange fine ord
som jeg ikke tør bruge længere
For "til døden jer skiller"
er ikke min erfaring.
Ja kan blive til nej.
Og fortiden skal hvile i fred,
har haft sin tid.

Ord er et sprog
Sprog er berøringer
Sprog er smil og latter
Sprog er humor
Sprog er måden at være sammen på
Sprog er initiativer
Sprog er indlevelse
Sprog er omsorg
Sprog er inddragelse
Det er bare det jeg vil sige.
Kæreste.

ER DER
UORDEN
i
ORDENE

Dom over alder

Ældre

Ældrebyrden
Nej-nej
Forskningen viser
at ældre
har de bedste
følelsesmæssige forudsætninger
for et godt parforhold.
For ældre fokuserer mere på det,
der er positivt end de yngre.

Nogen bliver gift
og flytter sammen.
Mens andre sparer papiret
og lever sammen on and off.
Man behøver ikke at være gift
for at være sammen.
Og så er man fri for
at vaske hinandens sokker
og er ikke tvunget til at deltage
i hinandens sociale aktiviteter.
Man kan være sammen om det
man får glæde af at være sammen om.

Måske kan de yngre
lære noget af os ældre.
Vi ældre er nemlig ingen byrde.

Gammel

Når jeg er færdig
med at være ældre,
er jeg gammel.
Skrøbeligheder melder sig
for alvor.
Skavanker irriterer.
Smidigheden skrumper ind.
Hukommelsen går i baglås
og minder forsvinder.
Rynker bliver til furer
og bevægelserne langsommere.
Forfaldet bliver synligt.
Nu er det pillernes tid
mod blodprop og smerter.
Jeg skal igen gå med ble
og have hjælp til forskelligt.
Livskraften siver langsomt ud
som om der er et lille bitte hul i ballonen
eller cykelhjulet
og jeg begynder så småt at bumpe af sted.
Jeg finpudser mit testamente
og forbereder mig på friplejehjem,
hospice og døden.
Aktiv dødshjælp er nu på tale,
hvis jeg da ikke når at dø forinden.

Jeg har sagt til mine børn:
"Jeg dør aldrig!
Skal vi vædde?"

Døden

Lige nu har jeg det godt
med vished om at jeg skal dø en dag.
Jeg er så heldig at have fået god tid
til at vænne mig til tanken.
Jeg har valgt at bo alene
men er ikke ensom.
De gamle er faldet bort.
Omsorgen er rettet mod
mine egne børn og børnebørn.
Vennerne forsøger jeg at holde tæt.

Med nogle bump på vejen
har jeg haft succes med livet.
Jeg har altid gjort mig umage med det,
jeg havde med at gøre.
Aldrig søgt at springe over,
hvor gærdet er lavest;
men taget udfordringerne på mig
og dyrket mine interesser med omhu.

Jeg ønsker som gammel
at sove stille ind.

Jeg forestiller mig
at døden således blot
er en lang og tiltrængt søvn.
Og da jeg ikke skal bruge mit legeme mere,
må andre gerne få det de kan bruge,
og resten kan gå op i røg.

Når jeg ...

Når jeg bli´r gammel,
så vil jeg ...

læse min avis
om hvordan verden har det

spille på trompet:
Love me tender love me true

holde mig I form
med tennis og sudoku

ligge og slikke sol
og blive dejlig brun

sidde i mit nye køkken
og nyde en kop kaffe

være kreativ
med bøger og kunst.

Dele det hele
med andre

bid for bid

Testamente

Alting får en ende.
En underlig opgave
vil blive efterladt til mine børn,
da jeg ikke er gift.

Skal jeg have livsforlængende medicin?
Hvordan skal boet deles?
Er jeg organdonor?
Skal der købes en kiste?
Skal jeg brændes?
Hvad så med urnen?
Hvordan skal bisættelsen foregå?
Hvor skal den holdes?
Hvem skal indbydes?

Så hjælp dog dine børn.
Skriv for pokker dit testamente.
Læs det op for dem.
Lad dem sige deres mening.
Giv begrundelser.
Fortæl hvor tingene er
Koderne til banken.
og det digitale.

Det er jo ikke nogen hemmelighed
at jeg en dag skal sove for evigt.
Og den dag skal solen skinne – uanset.
For sådan har jeg bestemt det.

"HUSKER DU,
SÅ ..."

På jorden at blive

Universet har udvidet sig
lige siden Big Bang
for 13,8 milliarder år siden
og sikkert også før det.

Hvert sekund rammes
en kvadratmeter af jorden
af syv millioner milliarder
neutrinoer fra solen
har en partikel fysiker talt.
Men vi mærker det ikke.

5/6 af Universet
består af mørkt stof.
Vi har ikke den fjerneste anelse om
hvad det består af.
Og det kunne da være rart at vide.

Andromeda galaksen
består af 200 milliarder stjerner
Det siges at en skønne dag
vil den smelte sammen med Mælkevejen.
Det skulle blive noget af et lysshow.

Lige nu er jeg mest glad for tyngdekraften.
Den holder mig nede på jorden.
Og heldigvis er der ingen,
der har tænkt sig at gøre noget ved det.

Bekymringer

Du får pegefingeren

Generalen er en ham
med én kæmpestor stjerne
på begge skuldre.
Han udfører opgaver
på befaling
og befaler over andre.
Statsministeren bestemmer
de opgaver
generalen skal befale.
Soldaterne
skal affyre kanoner og bøsser.
Der hvor de rammer
er der frygt og kaos.
Rædsel.

Hvad fanden er meningen?
Hvordan kan de gøre det?
Hvorfor skal det gå ud over min 4-årige pige?
Hvad har hun gjort?

”Hør efter
og opfør dig ordentligt!”
sagde far altid,
trykkede pegefingeren advarende
i bordet flere gange
og kiggede bestemt på mig.
over brillekanten.

”TINSOLDATEN”

Gumpisme

Jeg har set filmen,
hvor Tom Hanks spiller
Forrest Gump

Jeg har hørt om ham der
præsidentkandidaten
Donald Trump

Og de er ikke to alen af et stykke;
men hinandens modsætninger
på alle måder

Og hvis jeg skal vælge mellem de to,
så er Forest Gump min helt.

Uselvisk og troværdig.

"HVAD FATTER
GØR…"

Sneflokke kommer vrimlende

Voldsom snestorm
slår lille Danmark omkuld.

Kulden får sneen til at knitre og knage,
og fygningen fejer frygtindgydende.

Fygesneen dækker over
vejenes hvide streger.

Biler bøvler rundt,
og trafikken går i stå.

Kulden bider de strandede,
og sulten melder sig.

Al unødvendig kørsel frabedes,
for snemændene sner inde.

Sneplove sidder fast,
og bæltekøretøjer sættes ind.

Der kælkes på bakker,
og skiene findes frem.

Små skridt på glatte fortove
og salt i hundenes poter.

Graderne er gået i minus
og min radiator er gået i udu.

"Dav med dig – du skal integreres!"

Integration er et positivt ord. Men er det efterhånden et ord jeg skal være varsom med at bruge, fordi det også har en negativ betydning? En betydning i retning af en nedladende trussel: "Du *skal* integrere dig, indpasse dig, for ellers...!" Men er det måden at møde f.eks. en flygtning på?

Måske skulle jeg i stedet blot starte med: "Velkommen." Herefter kunne jeg passende spørge til gæsternes situation. Måske giver de udtryk for, at de håber at komme tilbage til deres familie eller hjemland snarest mulig igen. At de så længe de er her, kunne tænke sig at arbejde og gøre gavn. At de kunne tænke sig at lære engelsk, så de kan snakke med danskerne, der jo alle kan engelsk.

Har jeg tænkt mig at blive i et andet land, vil det være helt naturligt at tilegne sig landets sprog og være accepterende over for dets kultur.

Politiske repræsentanter bruger ordet integration meget formynderisk. Flygtningene *skal* integreres, skal yde noget til gengæld for deres ophold osv. På mig virker det meget formynderisk og ikke som "velkommen".

"Integration" betyder at danne et hele. Det er beslægtet med ordet "integritet". Og et helt menneske bliver man kun, hvis man får mulighed for at afklare med sig selv, hvordan man kan indgå i en helhed og bidrage til denne. Det kan ikke ske under et "du skal".

Vilkårene for, hvordan Danmark ønsker at modtage flygtninge skal naturligvis stå klar. Men møder vi mennesker med et "du skal", har vi allerede tabt. Vi bør møde dem nøjagtig som man rundt om i Danmark modtager sine gæster:

"Velkommen. Det her er de rammer vi kan tilbyde dig. Hvis det er ok, så smid skoene og lad os så snakke sammen."

uhadada - en fremmed..
Danmark

Fremtiden bekymrer

Krige raser.
Vandet drukner.
Luften forurener.
Affaldet sviner.
Humøret forsvinder.
Børnetallet falder.
Verden er af lave.

Og hvad gør jeg?

Læser avis for at følge med.
Spiser lidt mere sundt.
Motionerer lidt mere.
Tjekker mine forsikringer.
Skriver testamente.
Overvejer at købe elbil.
Justerer forventningerne.
Sørger for at skabe det gode liv,
blive mester i egenomsorg,
så jeg ikke ligger til last.

Og med hensyn til fremtiden,
så fremskriver jeg den
til den anden side
af bekymringerne.

Min fremtid med Chat

Vær beredt

Forbered dig på krig

Jeg havde aldrig troet, at jeg skulle ende som en prepper. En af de typer, der hamstrer dåsemad, jod og toiletpapir som om verdens undergang var lige om hjørnet. Men så kom statsministerens udmelding: "Vi skal være beredt. Der kan komme krig." Og selvom det lød som noget, der kun skete i fjernsynet, kunne jeg mærke en snigende frygt bore sig ind i mit sind. Så jeg tog beslutningen om at forberede mig.

Kælderen i mit hus blev hurtigt forvandlet til en bunker. Det var egentlig et hyggeligt rum, inden det blev overtaget af et hav af konservesdåser, havregryn, masser af toiletpapir og store dunke vand. Jeg købte jodtabletter, selvom jeg ikke helt forstod, hvad de var til, og jeg investerede i en radio med batterier, som om jeg var en slags amatørudgave af en koldkrigsagent. Der var endda et campingtoilet i hjørnet, for man kunne jo aldrig vide, hvor længe man skulle holde sig skjult. Og som prikken over i'et havde jeg endda fundet en gammel bunke pornoblade på loftet, som jeg tænkte kunne holde mig underholdt, hvis det virkelig blev nødvendigt. Vær beredt, ikke?

Skybrud

Det eneste, jeg ikke havde forberedt mig på, var et kæmpe skybrud.

Det skete midt om natten. Jeg vågnede ved lyden af et stort tordenskrald og hørte noget, der lød som rislende vand. Det tog mig et øjeblik at indse, at lyden kom fra kælderen. Mit hjerteslag satte farten op, og med en voksende klump i halsen sprang jeg ud af sengen og styrtede ned ad trapperne til mit underjordiske "Vær beredt"sted.

Da jeg åbnede kælderdøren, blev jeg mødt af synet af vand – masser af vand. Min bunker var nu forvandlet til en swimmingpool af kaos. Dåser flød rundt som små både, havregrynene svømmede sammen i klumper, og campingtoilettet, som jeg så omhyggeligt havde placeret, sejlede rundt i sin egen sørgelige eksistens. Jeg stirrede på det hele i chok, ude af stand til at forstå, hvordan min omhyggelige forberedelse kunne falde sammen på den måde.

Panik

I ren og skær fortvivlelse smækkede jeg kælderdøren i. Hvad skulle jeg gøre? Mine tanker snurrede rundt, og det føltes som om, alting lukkede sig omkring mig. Jeg sejlede ud i køkkenet, åbnede panisk køleskabet og greb den første og bedste dåse øl. Hvis jeg ikke kunne få styr på situationen, kunne jeg i det mindste tage en slurk og få lidt ro i sindet.

Jeg åbnede dåsen med et knæk, gik ud på terrassen og tog en stor slurk. "Forsikringen!" slog det mig. "Jeg må sikre mig at forsikringen dækker!" og stillede øllen fra mig.

Jeg fandt forsikringen frem. "Joh, måske dækker den!" tænkte jeg, gik ud på terrassen igen og tog en ordentlig slurk.

Lige pludselig kunne jeg mærke et stik i halsen. Jeg spyttede ud, men for sent. En hveps havde stukket mig i halsen. Panikken ramte mig som en mur, da jeg straks mærkede en brændende fornemmelse sprede sig fra halsen og ned mod brystet.

Jeg smed dåsen fra mig og tog mig til halsen, hvor det begyndte at klø og svulme op. Vejrtrækningen blev hurtigt besværet, som om jeg forsøgte at suge luft gennem et sugerør. Det, der startede som en forberedelse mod krig, havde nu udviklet sig til en sand kamp mod et lille, irriterende insekt. Jeg kunne ikke andet end at grine hysterisk mellem de desperate forsøg på at trække vejret – her stod jeg, midt i en katastrofe af egen tilvirkning, og det var en hveps, der var ved at få ram på mig.

Alarm

Mens svimmelheden begyndte at tage over, greb jeg min telefon og ringede febrilsk 112. Med hæs og spæd stemme forsøgte jeg at forklare situationen til den noget overraskede alarmoperatør. "Jeg... jeg blev stukket... i halsen... en hveps... jeg kan ikke... jeg kan ikke trække vejret!" gispede jeg.

"Bliv hvor du er, vi sender nogen med det samme!" sagde stemmen på den anden ende, og jeg klamrede mig til telefonen som om den var min sidste forbindelse til virkeligheden.

Jeg faldt om på terrassen, mens jeg langsomt mistede bevidstheden. Lydene af bilstøjen omkring mig blev svagere, og jeg kunne mærke mørket snige sig ind. Var det sådan, det skulle ende? Ikke i en episk kamp mod fjenderne, men i en latterlig duel med en hveps?

Iltslanger

Da jeg vågnede op igen, befandt jeg mig i en hospitalsseng med iltslanger i næsen og en forvirret sygeplejerske ved min side. "Du har været heldig," sagde hun med et smil. "Hvepsestik i halsen kan være meget farligt, men vi fik dig i tide."

Jeg nikkede svagt og forsøgte at smile tilbage. Ironien i situationen var ikke gået tabt på mig. Her havde jeg forberedt mig på alt fra hungersnød til atomkrig, og det eneste, jeg ikke var klar til, var et skybrud og en hveps i min cola.

Kaos

Da jeg endelig kom hjem igen, var kælderen stadig et kaos. Men jeg kunne ikke andet end at trække på skuldrene. Livet har en underlig måde at minde os om, at uanset hvor meget vi forbereder os, er der altid noget, vi ikke kan kontrollere. Og hvis der er én ting, jeg havde lært, var det, at "vær beredt" nogle gange betyder at være klar til at tage det med et smil – også når tingene går helt galt.

Jeg går ind for biodiversitet, men ikke længere i min have, når det betyder en øget bestand af hvepse, dræbersnegle, myg og ulve.

Verden udenfor er vel stadig kaotisk, men jeg er klar til at møde den med et nyt perspektiv. Er beredt til at møde det uventede, som kan ske som lyn fra en klar himmel. Men prepper bliver jeg aldrig mere. Jeg løser om muligt problemerne, når de opstår.

Nu ved jeg, at livet ikke altid følger logiske planer, og måske er det i virkeligheden det, der gør det så uforudsigeligt fascinerende.

Uventede angreb

Et uventet opgør

Det var en af de der morgener, hvor verden virkede lidt for surrealistisk. Måske var det den overdrevne mængde kaffe, jeg havde konsumeret, eller den uforklarlige storm af mails, der tikkede ind i min indbakke allerede før klokken otte om morgenen. Men en ting var sikker: denne dag skulle vise sig at blive alt andet end almindelig.

Jeg, Henrik Nielsen, IT-konsulent og selvudnævnt digital ninja, havde altid set mig selv som godt rustet mod alle former for elektronisk kaos. Men lige denne dag var anderledes. Min kalender var fyldt til randen med møder, som alle syntes at omhandle det samme: cybersikkerhed, fake news, og alle de moderne trusler, der plager det 21. århundrede.

Jeg sad i min lænestol, stirrende ud i luften med en kaffekop i hånden. Pludselig plingede en alarm på min telefon. "Ny begivenhed tilføjet til din kalender," læste beskeden. Jeg havde ikke tilføjet noget.

Mit hjerte slog et slag over, da en lyd af hånlig latter kom fra min computer, som om den havde et personligt regnskab med mig. Skærmen flimrede, og et nyt program begyndte at åbne sig selv. "Du er blevet hacket," stod der på skærmen i neon-grønne bogstaver.

Cyberangreb i den virkelige verden

Jeg stirrede på skærmen, først forundret, så vred. Det her var ikke bare en simpel virus eller en phishing-mail. Det var en ægte hacker, en af de typer, der nyder at kaste folk ud i digitalt kaos.

"Godmorgen, Henrik," lød en stemme fra højtalerne. Den var mørk og kold, og den fik det til at løbe koldt ned ad ryggen på mig. "Hvordan har du det med at være i skudlinjen?"

Jeg kunne mærke, at min puls steg. "Hvem er du?" spurgte jeg og forsøgte at lyde mere selvsikker, end jeg følte.

"Det er ikke vigtigt," svarede stemmen. "Det, der er vigtigt, er, at jeg har kontrol over din computer nu. Jeg kunne ødelægge dit liv på få minutter. Men jeg vil hellere lege en lille leg."

"Leg?" Jeg kunne ikke lade være med at grine. "Hvad er det her? En dårlig thriller?"

"Åh, Henrik, du har ingen anelse." svarede stemmen med et smil i tonen. "Jeg har en række udfordringer til dig i dag. Hvis du klarer dem, lader jeg dig gå. Hvis ikke... tja, så bliver det ikke en god dag for dig."

Jeg tog en dyb indånding. "Hvad vil du have?"

"Jeg vil have, at du stopper mig!" sagde stemmen. "Find mig, før jeg finder dig."

En virtuel jagt

Min første reaktion var at trække stikket til computeren, men jeg vidste, det var en dårlig idé. Det ville blot udløse en sikkerhedsprotokol, der måske ville slette alt, hvad jeg havde på min computer. Jeg var nødt til at spille hans spil, men på mine betingelser.

Jeg åbnede hurtigt min iPad, som jeg normalt ikke brugte til arbejde, og begyndte at spore den IP-adresse, der havde adgang til mit netværk. Min hacker havde ikke efterladt mange spor, men der var noget, han ikke kunne skjule: sit digitale fingeraftryk.

Mens jeg arbejdede, begyndte en konstant strøm af spam-mails og pop-ups at fylde min skærm. Nogle af dem var latterligt åbenlyse phishing-forsøg, men andre var mere sofistikerede. En af dem hævdede at være fra min bank og bad om bekræftelse af min adgangskode.

Jeg lod som om, jeg var dum, og fulgte instruktionerne. Selvfølgelig gav jeg ikke mine rigtige oplysninger, men det var nok til at narre hackeren til at vise sig en smule.

"Ikke dårligt, Henrik!" sagde stemmen igen. "Men du kommer til at gøre det bedre end det."

Fake news og skjulte fælder

Midt i jagten på hackeren blev jeg distraheret af en ny bølge af notifikationer. En hurtig søgning afslørede, at min profil på flere sociale medier nu var fyldt med falske opslag. Nogen havde startet et rygte om, at jeg var en del af en hemmelig kult, der arbejdede på at kontrollere verdens økonomi.

Det var absurd, men på samme tid bekymrende, hvor hurtigt folk begyndte at reagere. Kommentarer væltede ind, nogle troede på løgnen, andre gjorde grin med den, og en tredje gruppe truede med at anmelde mig til myndighederne.

Jeg fjernede hurtigt opslagene og sikrede mine konti, men skaden var sket. Mit ry var blevet plettet, omend midlertidigt.

"Det var kun en lille smagsprøve!" sagde stemmen, da jeg igen fokuserede på min computerskærm. "Hvad vil du gøre ved det, når verden vender sig imod dig?"

Jeg ignorerede hånen og arbejdede videre. Han måtte have efterladt flere spor. Måske havde han brugt en proxyserver, men ingen proxy er perfekt. Der er altid en brudt forbindelse et sted.

Identitetstyveri og telefonsælgere

Dagen gik videre, og jeg begyndte at opdage flere og flere trusler, hackeren havde sat op for mig. Min telefon begyndte at ringe uafbrudt. Hvert opkald var fra en ny telefonsælger, som påstod at have fået min kontaktinformation fra en pålidelig kilde. Jeg lagde på gentagne gange, men opkaldene blev ved med at komme.

Så kom det værste. Jeg modtog en mail fra SKAT, som sagde, at min identitet var blevet stjålet, og at nogen havde forsøgt at ændre mine personlige oplysninger. Jeg ringede hurtigt til SKAT og fik bekræftet, at nogen virkelig havde forsøgt at tage mit CPR-nummer.

Det var alvorligt nu. Denne hacker havde ikke kun overtaget min computer; han forsøgte at overtage mit liv.

Modangreb

Men jeg var ikke klar til at give op. Jeg var nået til et punkt, hvor jeg havde identificeret nogle af de servere, hackeren havde brugt. Jeg vidste, at hvis jeg kunne bryde ind i dem, kunne jeg måske finde noget, der ville afsløre ham.

Jeg brugte mine sidste kræfter på at iværksætte et modangreb. Det krævede al min viden og erfaring, men til sidst lykkedes det mig at få adgang til hans hovedserver.

Og der, midt i den enorme mængde data, fandt jeg noget, jeg ikke havde forventet. Hackerens sande identitet. Det var en, jeg kendte godt – en gammel kollega, som jeg havde slået i en konkurrence om en stor kontrakt for flere år siden.

"Henrik, Henrik, Henrik." sagde stemmen, nu uden den kunstige forvrængning. "Jeg troede, du ville tage det her mere personligt." "Jeg har taget det personligt," svarede jeg. "Og nu er det dig, der er færdig."

Jeg sendte alt, hvad jeg havde fundet, til de relevante myndigheder, og inden længe var min gamle kollega arresteret.

Efterdønninger

Da roen endelig sænkede sig, kunne jeg næsten ikke tro, at det hele var overstået. Det havde været en intens dag, og jeg var både fysisk og mentalt udmattet. Men på en eller anden måde var det lykkedes mig at beskytte mig selv mod en hel hær af moderne trusler.

Jeg lænede mig tilbage i min stol og trak vejret dybt. Verden var fuld af farer, og i dag havde jeg mødt dem ansigt til ansigt. Det var ikke alle, der ville være så heldige som mig, men jeg håbede, at min historie ville være en advarsel.

Da jeg kiggede på min skærm en sidste gang, poppede der en ny mail op. "Tillykke!" stod der i emnefeltet. Jeg tøvede et øjeblik, men åbnede den.

"Du har nu lært lektien. Vær beredt. Hilsen, en ven."

Jeg kunne ikke lade være med at smile. Selvfølgelig var det ikke helt slut endnu. Men nu var jeg klar til hvad som helst.

En ny begyndelse

Jeg slukkede min computer og gik en tur ud i det fri. Solen skinnede, og verden syntes igen at være et sted, hvor alt var muligt. Jeg vidste, at der ville komme flere udfordringer i fremtiden, men jeg var ikke bange.

For i dag havde jeg overlevet det værste. Og hvis jeg kunne klare det, kunne jeg klare alt.

Et uventet besøg

Jeg var lige ved at trække i skoene, da det ringede på døren. Klokken var over midnat, og jeg kunne ikke forestille mig, hvem der ville komme forbi på dette tidspunkt. Mit hjerte bankede en smule hurtigere, mens jeg overvejede mine muligheder. Skulle jeg åbne, eller ignorere det?

"Det er sikkert bare en eller anden, der har taget fejl af adressen." mumlede jeg til mig selv. Men en nagende fornemmelse i maven sagde noget andet. Med dagens begivenheder i baghovedet kunne jeg ikke lade være med at forestille mig, at endnu en trussel var på vej.

Jeg gik hen til døren, tøvede et øjeblik, men åbnede så døren på klem.

Udenfor stod en skikkelse. Personen var pakket ind i en lang, mørk frakke med hætten trukket op over hovedet.

"Henrik Nielsen?" spurgte en rolig stemme, før jeg overhovedet nåede at sige noget. Stemmen var blid, næsten beroligende, men det gjorde mig kun endnu mere nervøs.

"Ja, det er mig. Hvem er du?"

Skikkelsen trak hætten af og afslørede en kvinde i slutningen af trediverne, med skarpe øjne og et ulæseligt udtryk. "Mit navn er Emma," sagde hun. "Jeg er her for at advare dig."

Sandheden bag truslen

"Advare mig om hvad?" spurgte jeg og holdt fast i dørkarmen, klar til at smække døren i, hvis det blev nødvendigt.

"Din dag har allerede været kaotisk, har den ikke?" sagde Emma og trådte lidt tættere på døren. "Men det, du har oplevet, var kun begyndelsen. Jeg ved, at du har været under angreb, og det er ikke slut endnu."

"Er du en del af det?" spurgte jeg mistænksomt. Hendes vage svar og pludselige fremkomst gjorde mig ikke ligefrem tryg.

"Nej!" svarede hun hurtigt. "Jeg er en del af en gruppe, der arbejder på at stoppe den slags angreb. Den mand, du afslørede i dag, er kun én af mange. Og nu ved hans allierede, at du er en trussel mod dem."

Jeg følte, hvordan mit blod frøs til is. "Så de kommer efter mig?"

"Det kan du regne med," sagde hun uden omsvøb. "Og de er ikke så nemme at afvise som ham, du allerede har håndteret."

"Og du vil have, at jeg skal stole på dig?" spurgte jeg, stadig usikker på hendes intentioner.

"Jeg vil have, at du overlever," svarede hun. "Hvis ikke for din egen skyld, så for dem, du elsker. For din familie."

Hendes ord ramte mig hårdt. Det var længe siden, nogen havde nævnt min familie i denne sammenhæng, og det gjorde hele situationen endnu mere virkelig.

Flugt eller kamp

"Så hvad foreslår du?" spurgte jeg, stadig stående i døren, mens mit sind kørte på højtryk.

"Du har to muligheder." sagde Emma og trak en lille USB-nøgle frem fra lommen. "Den her vil hjælpe dig med at skjule din digitale tilstedeværelse. Du kan forsvinde, leve under radaren, indtil vi har stoppet dem."

"Og den anden mulighed?" spurgte jeg og vidste allerede, hvad svaret ville være.

"Du kan blive og kæmpe." sagde hun. "Men det bliver ikke let. Disse mennesker er ikke amatører, og de vil ikke stoppe, før du er neutraliseret."

Jeg tøvede. Min første impuls var at tage flugten, men en dyb stædighed begyndte at vokse i mig. Jeg havde allerede bevist, at jeg kunne håndtere mig selv i den digitale verden. Men kunne jeg virkelig tage det til det næste niveau og stå ansigt til ansigt med de farer, der nu truede?

Emma læste mit ansigtsudtryk. "Hvis du beslutter dig for at kæmpe, er vi her for at hjælpe. Men vi har brug for din hjælp lige så meget, som du har brug for vores."

Jeg nikkede og inviterede Emma indenfor. Her tog jeg et dybt åndedrag og kiggede hende direkte i øjnene. "Jeg bliver og kæmper. Jeg har aldrig været typen, der løber væk."

Den uudtalte allierede

Emma nikkede. "Godt. Der er ingen tid at spilde." Hun rakte mig USB-nøglen. "Det her vil give dig adgang til et sikkert netværk, som vi bruger. Fra nu af vil vi være i konstant kontakt."

Jeg tog imod nøglen, og en følelse af beslutsomhed skyllede ind over mig. "Hvad er næste skridt?"

"Først og fremmest skal du sikre dig, at din bolig er sikker!" sagde hun. "Jeg har allerede tilkaldt en af vores tekniske eksperter herud for at gennemgå dit hjem for enhver overvågning eller potentielle trusler."

Du er ren

Det var som en scene ud af en spionfilm, men det var min virkelighed nu. Indenfor få minutter var hendes kollega, en tavs, men effektiv mand ved navn Lars, i gang med at gennemgå hvert hjørne af mit hus. Han tjekkede for skjulte kameraer, mikrofoner og enhver anden form for overvågning, jeg kunne have overset.
"Du er ren," sagde Lars til sidst og nikkede anerkendende til Emma. "Ingen spor af noget udefrakommende."

Jeg følte en bølge af lettelse, men også en stigende uro. Hvis der ikke allerede var noget, der overvågede mig, betød det, at truslen stadig var derude, ventende.

Modstrategien

"Vi skal tage det første skridt1" sagde Emma, efter Lars havde pakket sine ting sammen. "Det handler om at slå til, før de gør."

Jeg nikkede og satte mig ved min computer. "Hvad har I i tankerne?"

Emma satte sig ved siden af mig og begyndte at forklare. "Vi har identificeret flere nøglenoder i det netværk, der står bag dagens angreb. Hvis vi kan infiltrere dem og overtage kontrol, kan vi lamme deres operationer."

"Så vi skal hacke hackerne," sagde jeg med et skævt smil. "Ironisk."

"Præcis." svarede Emma. "Men det her er ikke nogen almindelig opgave. Vi vil have brug for alle dine færdigheder og mere til."

Jeg tog endnu en dyb indånding, følte hvordan mit mod langsomt voksede. "Lad os gøre det."

Modangrebet

Natten blev lang. Emma, Lars og jeg arbejdede uafbrudt. Vi udnyttede al den teknologi og de ressourcer, vi havde til rådighed, for at komme ind i fjendens systemer. Emma guidede mig gennem de komplekse procedurer, mens Lars sørgede for vores fysiske sikkerhed.

Da solen begyndte at stige op over horisonten, var vi næsten i mål. Vi havde infiltreret flere af de centrale servere, som hackerne brugte, og vi var tæt på at finde hovednoden.

"Der," sagde jeg, da jeg endelig fandt det. "Det er deres kontrolcenter."

Emma smilede for første gang siden hun var trådt ind i mit hjem. "Godt arbejde, Henrik. Nu er det tid til at slå til."

Med et klik sendte vi en destruktiv virus ind i deres systemer. Det var ikke en, der ødelagde data, men en, der låste dem ude af deres egne systemer og gav os midlertidig kontrol.

"De vil snart opdage det." sagde Emma, mens vi så den digitale ødelæggelse udfolde sig. "Men vi har købt os tid. Tid nok til at slå dem ud for evigt."

Jeg lænede mig tilbage i stolen, udmattet, men tilfreds. Vi havde taget kampen op med dem og vundet den første runde.

En ny dags begyndelse

Da solen endelig var oppe, og morgenen begyndte at tage fat, kunne jeg ikke lade være med at føle en vis stolthed. Jeg havde valgt at kæmpe i stedet for at flygte, og det havde vist sig at være det rigtige valg.

Emma rejste sig og rakte mig hånden. "Vi har en lang kamp foran os, men med din hjælp har vi en reel chance for at vinde den."

Jeg tog hendes hånd og nikkede. "Jeg er klar. Lad os slå dem."

Da Emma og Lars forlod mit hjem, satte jeg mig igen ved computeren. Dagens arbejde var langt fra overstået, men jeg var klar. Klar

til at tage enhver trussel op, uanset hvor den kom fra. For i dag havde jeg lært, at det ikke handler om at undgå faren, men om at stå op imod den, når den banker på din dør.
Og jeg var ikke alene længere.

Mareridtet genoptages

Det var en stille eftermiddag, og jeg var lige begyndt at tro, at tingene måske var ved at falde til ro, da det igen ringede på døren. Denne gang var jeg mere på vagt end nogensinde før. Emma havde forsikret mig om, at vi havde købt os tid, men i mit hjerte vidste jeg, at denne kamp langt fra var overstået.

Jeg gik hen til døren, men da jeg åbnede den på klem, stivnede jeg. Udenfor stod to mænd, begge i sorte jakkesæt, men det, der fangede mit blik, var pistolerne i deres hænder. Mit hjerte begyndte at hamre.

"Kan jeg hjælpe jer?" forsøgte jeg at sige med en rolig stemme, men min stemme dirrede.

"Henrik Nielsen?" spurgte den ene mand med en hård stemme. Han havde et køligt, ubønhørligt blik, der gjorde det klart, at han ikke var her for at småsnakke.

"Ja!" svarede jeg kort og forsøgte samtidig at smække døren i. Men en fod sad i klemme.

"Vi skal tale med dig. Indenfor." Det var ikke en anmodning, men en ordre.

Før jeg kunne protestere, blev døren skubbet op, og de to mænd trådte ind. Den ene holdt sin pistol truende hævet, mens den anden hurtigt fik fat i mig og skubbede mig mod min lænestol. Inden

jeg vidste af det, sad jeg surret ind i gaffetape kun med højre arm
fri.

Et ultimatum

"Vi er ikke her for sjov, Henrik," sagde den første mand, mens han
pegede sin pistol direkte mod mit ansigt. "Vi ved, hvad du har
gjort, og vi vil have vores penge." Begge mænd stod over mig med
kolde, afventende øjne

"Jeg har ikke noget at give jer!" sagde jeg, og det lød mere tro-
værdigt, end jeg havde forventet. Men jeg vidste, at de ikke ville
acceptere det som svar.

Den anden mand gik hen til min computer og begyndte at taste
på tastaturet. "Det her er, hvad der skal ske." sagde han uden at se
op. "Du vil overføre et stort beløb til en konto, som vi angiver. Når
det er gjort, giver du os dine kontooplysninger, herunder dankort,
kontonummer og koder."

Jeg mærkede, hvordan panikken begyndte at stige. Selv hvis jeg
gjorde som de sagde, hvad garanterede mig så, at de ville lade mig
gå? Jeg vidste, at når jeg først havde givet dem, hvad de ville have,
ville jeg være overflødig.

Og hvis jeg ikke gør det?" spurgte jeg forsigtigt, selvom jeg allerede
kendte svaret.

"Så sørger vi for, at du aldrig gør noget som helst igen!" svarede
den første mand uden at blinke.

En farlig beslutning

Mens jeg sad der, bundet og truet, forsøgte jeg desperat at finde en udvej. Jeg havde to muligheder: overgive mig til deres krav og håbe på det bedste, eller forsøge at narre dem. Men hvilken garanti havde jeg for, at de overhovedet ville holde deres ord?

Hvis jeg gav dem et falsk kontonummer, ville de opdage det, så snart de forsøgte at trække penge ud. De ville være rasende, og jeg ville være i endnu større fare. Men hvis jeg gav dem de rigtige oplysninger, ville de måske stadig ikke lade mig gå. Det var et spil med livet som indsats.

Min tankeproces blev afbrudt af den anden mand, som nu stod overfor mig med en laptop i hånden. "Vi har allerede adgang til din konto. Vi vil bare have dig til at bekræfte overførslen. Gør det nu."

Jeg var nødt til at træffe en beslutning. Mit sind løb gennem alle de muligheder, jeg havde, men tiden var knap. En idé begyndte at tage form i mit hoved. Hvis jeg kunne forsinke dem længe nok, kunne jeg måske udtænke en plan.

Mændene trak sig tilbage, tilsyneladende for at koordinere deres næste træk. Samtidig så jeg mit snit til med et tryk at sende et skjult nødsignal fra min telefon, som jeg havde haft i lommen og lagde den hurtigt tilbage.

"Okay!" sagde jeg med en rystende stemme. "Jeg gør det. Men det tager lidt tid at få adgang til de sikkerhedsprotokoller, jeg har sat op."

Jeg kunne se, at de var utålmodige, men de gav mig en chance. Jeg begyndte langsomt at indtaste de oplysninger, de bad om, men jeg sørgede for at gøre det i en sådan rækkefølge, at det ville tage dem lidt længere tid at verificere dem.

En stråmands konto

Mens jeg indtastede oplysningerne, forsøgte jeg at bevare roen og tænkte på den stråmandskonto, jeg engang havde oprettet som en del af en sikkerhedsforanstaltning i en tidligere sag. Det var en konto, der var designet til at se ægte ud, men som kun kunne indeholde små beløb og aldrig kunne overføre noget væsentligt. Den ville virke legitim nok til at narre dem kortvarigt, men samtidig give mig tid til at tænke på en udvej.

"Okay," sagde jeg og trykkede på send. "Overførslen er i gang. Det tager lidt tid, da den går igennem flere lag af sikkerhed."

Mændene så på hinanden og nikkede. "Nu vil vi have dit dankort og PIN-kode!" sagde den ene af dem, og hans tone var blevet skarpere.

"Selvfølgelig." sagde jeg og gav dem oplysningerne til et kort, jeg vidste var blevet spærret for flere dage siden. "Det her er alt, hvad I har brug for."

De tog imod oplysningerne og begyndte at taste dem ind i deres systemer. Men inden de kunne afslutte processen, lød der et højt brag fra gangen. Døren blev sparket op, og indenfor stormede Emma og Lars, begge bevæbnede med pistoler.

"Slip ham!" råbte Emma og pegede sin pistol direkte mod den nærmeste mand.

De to mænd tøvede et øjeblik, men det var nok. Lars skød først, ramte den ene mand i skulderen og fik ham til at tabe sin pistol. Den anden mand forsøgte at skyde tilbage, men Emma var hurtigere og afvæbnede ham med et præcist skud, der ramte hans hånd.

Redningen

I løbet af få sekunder var det overstået. De to mænd lå på gulvet, sårede og ude af stand til at kæmpe videre. Emma og Lars gik hurtigt hen til mig og begyndte at løsne mine bånd.

"Vi modtog dit nødsignal." sagde Emma, mens hun hjalp mig fri.

"Godt tænkt."

Jeg åndede lettet ud, selvom mine hænder stadig rystede. "Jeg vidste ikke, om det ville virke, men jeg kunne ikke bare sidde der og vente på, at de skulle dræbe mig."

"Du gjorde det rigtige," sagde Lars, mens han rensede op i rummet. "De her fyre er farlige, men vi har dem nu. Politiet er på vej."

Jeg kunne ikke helt forstå, at det var overstået. Men jeg vidste, at jeg havde været tættere på kanten, end jeg nogensinde havde været før.

Efterspillet

Da politiet ankom og tog de to mænd med sig, sank jeg tilbage i min lænestol og forsøgte at samle mine tanker.

Emma satte sig ved siden af mig, og hendes ansigt blødte lidt op. "Du er stærkere, end du tror, Henrik. Men du skal passe på dig selv. Der vil være flere som dem her, der kommer efter dig."

Jeg nikkede stille og vidste, at hun havde ret. Men denne gang havde jeg overlevet, og det havde styrket min beslutning om at kæmpe videre. For i denne kamp om overlevelse kunne jeg ikke længere nøjes med at være et offer.

Jeg kiggede ud ad vinduet, hvor solen var ved at gå ned. Verden udenfor var farlig, men jeg var klar til at møde den, hvad DEN end måtte kastede min vej.

Og denne gang ville jeg være forberedt på alt.

Endelig

Fremtidens mig

Jeg vågnede og vidste med det samme, at noget var anderledes. Der var ikke længere nogen morgengrimhed, ingen lurvet frisure, ingen krøllede tanketåger. Det var som om, jeg allerede havde haft en kop kaffe, inden jeg overhovedet havde tænkt på at sætte vand over. Det var en helt ny fornemmelse. Jeg var – hvordan skal jeg sige det? – perfekt.

Det hele startede for ti år siden, da jeg besluttede at opgradere mig selv. Ikke bare en lille tandblegning eller en smule Botox. Nej, jeg taler om den helt store pakke: en kognitiv protese med udvidet hukommelse, muskler optimeret til præcision og styrke, og øjne, der kunne se gennem både vægge og hemmeligheder. Min hud? Næsten uigennemtrængelig. Og som om det ikke var nok, skulle jeg kunne flyve. Ja, flyve! Med god samvittighed endda, uden at slippe en eneste CO_2-molekyle ud i atmosfæren. Den funktion havde jeg dog ikke mod på at aktivere.

Men der var en lille ting, som selv al denne teknologi ikke kunne ordne: min følelse af ufuldkommenhed. Jeg havde altid været lidt af en perfektionist – det tror jeg, de fleste mennesker kan relatere til – men selv i min nye, opgraderede form, var der stadig et eller andet, der manglede.

Mit nye liv

At tilpasse sig min nye krop tog tid. I starten var det småting, som at vænne mig til, at jeg nu kunne huske alt ned til den mindste detalje. Det var både en velsignelse og en forbandelse. Jeg kunne nu huske, hvad jeg havde spist til morgenmad den 12. juni for ti år siden, men det betød også, at jeg aldrig kunne glemme min pinlige fadæse ved onkel Eriks bryllup, hvor jeg faldt i kagen. Og så var der det med at vide alt om alle. På en måde var det sjovt, men på den anden side... Tja, lad os bare sige, at nogle hemmeligheder havde det bedre med at forblive hemmelige.

Jeg mødte folk med et smil, da jeg vidste præcis, hvad de havde postet på Facebook den morgen. "Nå, Camilla, hvordan går det med din kat, efter hun fik fjernet de tænder?" spurgte jeg engang. Hendes ansigt stivnede, og hun stirrede på mig med skræk. Jeg vidste, at hun aldrig havde fortalt nogen om det indlæg. Hun svarede mig aldrig, og siden da har hun undgået mig som pesten.

Den perfekte kærlighed

Og så var der problemet med at finde kærligheden. Jeg havde altid drømt om at finde den eneste ene, men hvordan i alverden skulle jeg gøre det nu? Med mine superøjne kunne jeg se enhver persons største hemmeligheder og dybeste tanker. Jeg vidste, hvem der havde tisset i poolen som barn, og hvem der stjal kuglepennene på arbejdet. Hvordan kunne jeg finde nogen, jeg kunne elske, når jeg vidste alle deres fejl og mangler?

Så var der spørgsmålet om, hvorvidt nogen overhovedet kunne elske mig. Ikke den gamle mig, som måske havde sine fejl og mangler, men den nye, perfekte version. Var jeg overhovedet tiltrækkende? Var jeg ikke bare en skræmmende maskine i en menneskekrop?

Sandhedens øjeblik

En dag, mens jeg fløj rundt i byen for at afstresse, stødte jeg ind i en mand, der sad alene på en bænk i parken. Han var helt almindelig, med en slidt jakke og en bog i hænderne. Jeg kunne med det samme se, at han ikke havde en eneste opgradering – ikke engang en simpel hukommelsesforbedring. Men der var noget ved ham, noget jeg ikke helt kunne forstå. Han smilede op mod himlen, og for en kort stund fik jeg en mærkelig følelse af misundelse. Hvordan kunne han være så tilfreds uden alle de ting, jeg havde?

Jeg landede stille ved siden af ham og prøvede at trække på smilebåndet, men min perfekte hjerne vidste allerede, at det var for indøvet. "Hej!" sagde jeg. "Hvad læser du?"

Han så op på mig, og jeg mærkede noget særligt ved hans blik. "En gammel bog." svarede han roligt. "Noget, der hjælper mig med at forstå mig selv bedre."

Jeg kunne ikke lade være med at grine. "Selvforståelse? Det er lidt forældet, er det ikke? Hvorfor ikke bare opgradere dig selv og få al den viden med det samme?"

Han smilede blot og vendte blikket tilbage mod bogen. "Måske fordi jeg synes, der er noget smukt i processen. I at finde ud af tingene selv, i stedet for at få dem serveret. Du ved, det er ikke alt, der kan opgraderes."

Endelig

De ord blev hængende i mig længe efter. I en verden, hvor jeg vidste alt om alle, var der én person, jeg ikke rigtig forstod: mig selv. Alt det, jeg havde troet, ville gøre mig fuldkommen – al teknologien, al den viden – havde ikke bragt mig tættere på den jeg virkelig var.
Jeg begyndte at tilbringe mere tid med ham, den almindelige mand i parken, og lidt efter lidt indså jeg, at det, jeg havde savnet, ikke var noget, der kunne findes i en chip eller en hukommelseskort. Det var noget menneskeligt, noget simpelt. Noget, der ikke kunne forbedres, men kun opleves.
Og på den måde fandt jeg den eneste ene – ikke en person, men en følelse. En accept af, at måske er det ikke perfektion, vi skal stræbe efter, men blot at være os selv.

Jeg lever i fremtiden!

En helt almindelig dag i fremtiden

Jeg kan roligt rejse med førerløse tog og fly, for jeg har en lille chip i min lillefinger. Den indeholder alt, hvad jeg behøver for at navigere i denne højt teknologiske verden: mit rejsekort, pas og boarding-pas.

Alt scannes automatisk, når jeg passerer døre og gates. Det er ret smart, ikke? Der er dog et par ulemper. For eksempel bliver jeg altid lidt nervøs, når chippen vibrerer. Det gør den hver gang, jeg går forbi en døgnåben kiosk. ”Ønsker du at købe en snack?” spørger den, som om den ved, at jeg ikke kan modstå en chokoladebar klokken to om natten.

”Nej tak.” mumler jeg og prøver at ignorere den insisterende vibration. Det er ikke kun i kioskerne, at min lillefinger opfører sig som en overivrig sælger. Den gør det også i nærheden af kaffebarer, bagerier og endda boghandlere. Jeg begynder at få mistanke om, at min chip har en skjult agenda.

Selv om jeg er genmanipuleret, så jeg ikke kan blive syg, føles det alligevel som om, jeg er blevet smittet med en mild form for for-brugsfeber. Men det er nok bare indbildning. Ikke?

Teknologiske fordele og ulemper

En af de største fordele ved at leve i fremtiden er, at jeg er i kon-stant kontakt med Siri. Ikke den gamle Siri, som du måske husker fra de tidlige smartphones. Nej, denne Siri er nærmest allesteds-nærværende og ved alt. Seriøst, hvis jeg glemmer, hvad jeg spiste til frokost for tre uger siden, kan Siri svare mig på under et sekund.

"Du spiste en quinoasalat med grillet kylling den 4. august klokken 12:32." siger hun, og jeg kan ikke lade være med at blive imponeret. Samtidig føler jeg en lille smule skam over, at jeg har brug for hjælp til at huske noget så trivielt. Jeg har dog også bemærket, at Siri kan være en smule nysgerrig.

"Ønsker du at vide mere om næringsindholdet i din frokost?" spørger hun.

Jeg sukker. "Nej tak, Siri, jeg tror, jeg har styr på det."

Siri kan være utrolig nyttig, men hun kan også være lidt af en plage. For eksempel, hver gang jeg ser et andet menneske, aktiveres min ansigtsgenkendelse, og Siri bombarderer mig med informationer om personen. "Han hedder Lars, er 42 år gammel og har en forkærlighed for klassisk musik og gamle biler," siger hun. Det er da rart at vide, men nogle gange ville jeg ønske, at jeg kunne slukke for den funktion.

Maraton og andre daglige oplevelser

En anden fordel ved at leve i fremtiden er, at min kunstige hjerne holder mig i live og i topform. Jeg kan løbe en maraton, når jeg vil, uden at bekymre mig om træningsprogrammer eller restitutionstid. Det er som at have en indbygget personlig træner, der altid er klar til at få mig ud ad døren.

Men selv her er der en lille hage. Min kunstige hjerne har tendens til at overvurdere mine evner. For et par uger siden besluttede den, at jeg skulle løbe en ultramaraton på 100 kilometer. Jeg vågnede klokken fem om morgenen med en intens trang til at snøre løbeskoene og komme af sted. Det var først, da jeg nåede de 75 kilometer, at jeg begyndte at tvivle på, om det virkelig var en god idé.

"Siri, kan du give mig en opdatering på min fysiske tilstand?"
spurgte jeg forpustet.

"Din muskelmasse er stadig optimal, men jeg anbefaler, at du stopper og får noget væske. Du har tabt 2% af din kropsvægt i sved."
svarede hun. Jeg skulle have lyttet til hende, men min stædighed
– eller måske det var min kunstige hjernes stædighed – fik mig til
at fortsætte.

Jeg gennemførte løbet, men kunne knap nok gå i en uge bagefter.
Så meget for at være uovervindelig.

Når tingene går galt

Livet i fremtiden er dog ikke uden sine udfordringer. En dag da jeg
gik ind i et førerløst tog, fik jeg pludselig en systemfejl. Ikke i toget
– det var faktisk i mig. Min lillefingerchip begyndte at blinke rødt,
og Siri gik i alarmberedskab.

"Advarsel! Systemfejl! Din identifikation kan ikke bekræftes. Advarsel!" Siri's stemme var pludselig blevet alvorlig, og jeg måtte fokusere på at få Siri til at løse problemet.

"Kan du fikse det?" spurgte jeg panisk.

"Jeg arbejder på det." svarede hun køligt. Jeg kunne næsten høre
hende taste løs på en usynlig computer et sted i mit hoved. Tiden
syntes at stå stille, mens jeg ventede på en løsning. Til sidst sagde
Siri: "Jeg har fundet en midlertidig løsning. Du skal dog kontakte
teknisk support for en permanent reparation."

Det viste sig, at min chip havde fået en mindre kortslutning på
grund af en mikroskopisk revne i dens overflade. Teknisk support
kunne dog nemt udskifte chippen. Problemet var, at jeg skulle
møde op personligt – hvilket betød, at jeg midlertidigt ville være

uden min identifikation.

Jeg brugte en hel dag på at finde ud af, hvordan jeg kunne navigere i samfundet uden chippen. Det var en udfordring. Alle de automatiske døre lukkede sig ikke op for mig, og jeg var nødt til at forklare sikkerhedsvagter, hvorfor jeg ikke kunne scannes. Jeg følte mig som en rejsende fra en anden tidsalder – tilbage til de dage, hvor folk faktisk havde brug for fysiske pas og billetter.

Fremtidens løsninger

Selvom teknologien her i fremtiden kan være frustrerende, er den også utrolig fleksibel. Efter at have fået udskiftet min chip og genoprettet kontakten til Siri, besluttede jeg mig for at gøre noget ved nogle af de problemer, jeg havde oplevet. Jeg kontaktede udviklerne bag min kunstige hjerne og foreslog, at de tilføjede en funktion, der kunne sætte grænser for overambitiøse træningsprogrammer.

De lyttede til mig – eller rettere sagt, Siri gjorde, og hun videregav mine forslag. Kort tid efter blev min hjerne opdateret med en ny indstilling kaldet "Fornuftspause." Nu kan jeg løbe maratoner uden at frygte, at min hjerne pludselig får mig til at løbe yderligere 100 kilometer.

Jeg bad også Siri om at justere sine forslag til impulskøb. Nu spørger hun mig ikke længere, om jeg vil købe snacks, medmindre jeg står direkte foran dem. Det har allerede sparet mig en formue i unødvendige køb.

Livet går videre

Så her er jeg. Jeg lever i fremtiden, og selvom det ikke altid er en dans på roser, så har jeg lært at håndtere de små teknologiske udfordringer. Jeg har stadig mine op- og nedture, men det er en del af charmen ved at være menneske – selv i en verden, hvor næsten alt er automatiseret.

Nogle dage længes jeg efter en mere simpel tid, hvor jeg ikke behøver at bekymre mig om, at min lillefinger begynder at vibrere uden grund, eller at Siri pludselig bombarderer mig med informationer om folk, jeg møder. Men så husker jeg, hvor praktisk det er at kunne løbe en maraton, når jeg vil, eller få adgang til enhver form for information på et splitsekund.

Livet i fremtiden er måske ikke perfekt, men det er i det mindste aldrig kedeligt. Og selvom jeg har haft mine problemer, er der altid en løsning – eller en opdatering – lige rundt om hjørnet.

Så jeg fortsætter med at leve i fremtiden. Trods alt, hvem ved, hvad den næste dag vil bringe? Måske en ny chip i en anden finger? Eller måske vil jeg endelig få mulighed for at blive uploadet til en computer? Uanset hvad, er jeg klar. Jeg lever i fremtiden, og det er en spændende tid at være til.

Morgenrutinen

At vågne op i fremtiden er ikke så forskelligt fra at vågne op i dag. Jeg har stadig brug for kaffe for at starte dagen, og min hjerne er stadig i søvndøs, når alarmen går i gang. Den store forskel er, at jeg ikke behøver at gøre meget selv. Mit smart-hjem system sørger for, at kaffen er brygget, lyset tænder blidt, og gardinerne ruller op, så solen kan skinne ind. Det lyder perfekt, ikke? Det troede jeg også, indtil mit hjem gik i strejke.

Jeg ved ikke, hvad der gik galt. Måske var det en overbelastning af systemet eller bare en dårlig dag for kunstig intelligens. Da jeg forsøgte at bede om min kaffe, svarede systemet: "Beklager, men jeg kan ikke finde dine kaffebønner." "Hvad? Hvordan kan du ikke finde dem? De står på samme sted som altid!"

Jeg forsøgte at genstarte systemet, men det nægtede at samarbejde. "Du skal først opdatere din software," informerede det mig, som om det var en helt normal anmodning klokken seks om morgenen. Selvfølgelig var opdateringen på flere gigabyte, og jeg blev nødt til at vente i en halv time, før jeg endelig fik min kaffe. Fremtiden er fantastisk, men den er også virkelig irriterende nogle gange.

Den førerløse bil

Efter mit morgenkaos var det tid til at tage på arbejde. Jeg ejer ikke en bil i traditionel forstand. I stedet abonnerer jeg på en førerløs bilservice, som sender en bil til mig, når jeg har brug for den. Det er smart – når det virker. Denne morgen, som skulle vise sig at blive fyldt med teknologiske forhindringer, gik det selvfølgelig ikke efter planen.

Da bilen ankom, var jeg lige ved at træde ind, da jeg opdagede, at der allerede sad nogen i den. "Undskyld, men jeg tror, du har taget min bil," sagde jeg høfligt til den anden passager. Personen så forvirret ud og kiggede på sin egen app.

"Det her er bil nummer 57, og det er den, jeg har bestilt!" sagde han.

"Det her er også min bil nummer 57!" insisterede jeg.

Vi opdagede hurtigt, at systemet havde lavet en fejl, og vi begge var blevet tildelt den samme bil. Efter en akavet samtale med kundeservice, hvor ingen af os rigtig vidste, hvad vi skulle gøre, blev vi nødt til at dele turen. Det var som en slags moderne samkørsel, bare med ekstra teknologi og ekstra forvirring.

Arbejdslivets glæder

På arbejdet er alt styret af kunstig intelligens og algoritmer. Jeg arbejder som informationsanalytiker, men reelt set betyder det, at jeg overvåger, hvad AI'en gør. Hvis der opstår problemer, er det min opgave at rette dem – eller i det mindste give AI'en et hint om, hvad den bør gøre.

I dag gik alt galt. AI-systemet besluttede sig for at omkategorisere en hel dags data som irrelevant. "Siri," spurgte jeg min trofaste assistent, "hvorfor har AI'en slettet alt?"

"Systemet vurderede, at dataene ikke havde tilstrækkelig værdi baseret på tidligere mønstre." forklarede Siri.

"Kan du få den til at genoverveje?" spurgte jeg frustreret.

"Det kan jeg desværre ikke." svarede Siri. "Men jeg kan hjælpe dig med at rekonstruere dataene."

Så det gjorde vi. Det tog hele dagen og involverede flere kopper kaffe (heldigvis havde mit hjemsystem løst sit morgenproblem) og en masse tålmodighed. Til sidst fik vi det meste af dataene tilbage, men ikke uden et par gnidninger mellem mig og AI'en. Nogle gange føles det, som om den kunstige intelligens har sine egne små luner og elsker at teste mine nerver.

Ansigtsgenkendelse og sociale forviklinger

Efter en lang arbejdsdag besluttede jeg at tage hen til en bar for at slappe af. Baren var trendy, fyldt med folk, der alle virkede meget tilpasset fremtidens teknologi. Jeg havde knap nok sat mig, før Siri igen begyndte at bombardere mig med informationer om folk omkring mig.

"Den person derovre hedder Clara, og hun arbejder som genetisk ingeniør." informerede Siri mig. "Hun er single og elsker at rejse til Mars i sin fritid."

"Tak, Siri, men jeg er her bare for en drink." hviskede jeg irriteret. Jeg besluttede at slå ansigtsgenkendelsen fra et øjeblik for at få lidt fred. Men det viste sig at være en fejl. Uden advarslen endte jeg med at småsnakke med en gammel bekendt fra skolen, som jeg helst ville have undgået. Han genkendte mig straks og begyndte at tale om de "gode gamle dage," mens jeg desperat forsøgte at finde en undskyldning for at slippe væk. Teknologi er fantastisk til at undgå ubehagelige situationer – når den altså fungerer.

En uventet krise

Da jeg kom hjem, var jeg endelig klar til at slappe af. Men selvfølgelig skulle noget gå galt. Min lillefingerchip begyndte pludselig at blinke rødt igen, og Siri lød alarmerende.

"Systemfejl. Der er en konflikt mellem din identifikation og centraldatabasen. Din adgang til vigtige funktioner er midlertidigt suspenderet."

Jeg gik i panik. Hvad nu? Uden min chip ville jeg ikke kunne åbne min dør, tilgå mine penge eller endda tænde for lyset. Jeg forsøgte at kontakte teknisk support, men fik at vide, at der var ventetid på op mod en time.

Jeg var tvunget til at tænke hurtigt. Jeg huskede på, at min nabo var en af dem, der stadig havde en gammel mekanisk nøgle til deres dør – en sjældenhed i denne tid. Jeg bankede desperat på hans dør.

"Har du brug for hjælp?" spurgte han, da han så mit ansigt.

"Min chip er død, og jeg kan ikke komme ind i min lejlighed." for-
klarede jeg.

Han lo lidt. "Du burde have fået en backup-chip, som jeg gjorde."
Det viste sig, at min nabo havde en ekstra chip, han brugte til nød-
situationer. Han lånte mig sin, og jeg kunne endelig komme ind i
min lejlighed igen. Så snart jeg var inde, kontaktede jeg teknisk
support og fik problemet løst. Men fra den dag af har jeg altid haft
en backup-chip liggende – bare i tilfælde af.

Et nyt perspektiv

Efter alle disse teknologiske udfordringer besluttede jeg at tage en
pause fra fremtiden – så meget som det nu er muligt. Jeg slukkede
for alt, hvad jeg kunne, og tog en lang gåtur uden at bruge min
lillefingerchip, Siri eller noget andet teknologisk.

Det var overraskende befriende. Jeg havde næsten glemt, hvordan
det føltes at være fri for konstante notifikationer og forslag fra Siri.
Jeg mødte mennesker og snakkede med dem uden at vide alt om
deres liv på forhånd. Det var dejligt at opleve verden som den er,
uden et filter af teknologi.

Da jeg kom hjem, følte jeg mig mere klar til at tage imod fremti-
den. Teknologi er en del af mit liv, men det behøver ikke at sty-
re det. Jeg har lært at sætte grænser, og nu ved jeg, hvordan jeg
kan balancere mellem det moderne livs bekvemmeligheder og de
simple glæder ved at være til stede i øjeblikket.

Fremtiden er fantastisk, ja. Men nogle gange er det også rart bare
at leve lidt i nutiden.

Udfordringer

Livet med en chip i lillefingeren

Jeg vågnede som sædvanlig til lyden af mit personlige alarmsystem, der spiller en blid melodi, der gradvist stiger i volumen.

Den tilpasser sig mit søvnmønster, som min chip naturligvis har overvåget hele natten. Min chip – denne lille, usynlige enhed i min lillefinger – er ikke kun et praktisk værktøj; den er også en del af, hvem jeg er. Den indeholder mit rejsekort, pas og betalingskort, og den sikrer, at jeg kan navigere problemfrit gennem dagen uden at tænke på billetter eller ID.

Det er den første dag i en ny uge, og jeg føler mig klar til at tage udfordringerne op. Eller det vil sige, jeg føler mig klar, indtil min chip begynder at summe og sende små elektriske stød ud gennem min finger. Jeg kigger på min hånd, som om jeg kan se, hvad der er galt.

"Fejl i systemet!" siger Siri pludselig, hendes stemme lyder direkte i mit hoved. "Din chip oplever en midlertidig afbrydelse. Forsøg at genstarte."

"Genstarte?" mumler jeg. "Hvordan genstarter man en chip i sin finger?"

"Det er simpelt." svarer Siri. "Tryk og hold fingeren mod et fast underlag i fem sekunder."

Jeg følger instruktionen, og til min lettelse stopper de små elektriske stød. Livet i fremtiden er fyldt med teknologiske vidundere, men nogle gange er det de små fejl, der kan få en til at savne en mere simpel tid.

Transportproblemer

Mit første stop i dag er det førerløse tog, som skal tage mig til centrum. Jeg har altid følt en vis tryghed ved de førerløse transportmidler. De er effektive, pålidelige og styret af en kompleks algoritme, der sikrer, at der aldrig opstår kollisioner eller forsinkelser. Det er i hvert fald, hvad jeg troede, indtil i dag.

Da jeg nærmer mig stationen, scanner min chip mig automatisk ind. Dørene åbner sig med et svagt sus, og jeg træder ind i en næsten tom vogn. Toget sætter i gang, og jeg læner mig tilbage og nyder den glatte bevægelse. Men pludselig begynder toget at ryste, og lysene blinker.

"Systemfejl!" lyder en mekanisk stemme over højtaleren. "Dette tog vil snart stoppe. Venligst forbliv i ro, mens vi løser problemet."

Jeg kan mærke, at panikken breder sig blandt de få passagerer.

Selv om det er fristende at lade frygten tage over, minder jeg mig selv om, at jeg lever i fremtiden. Der er ingen grund til at bekymre sig, alt er under kontrol. Men da toget stopper helt, og lysene slukker, begynder jeg at tvivle på min optimisme.

"Vil Siri komme os til undsætning?" spørger en passager nervøst.

Jeg ryster på hovedet. "Siri har ikke kontrol over togene. Vi må vente på, at systemet selv genstarter."

Efter hvad der føles som en evighed, starter toget igen, og vi når vores destination uden yderligere problemer. Men jeg kan ikke lade være med at tænke på, hvor afhængige vi er blevet af teknologi, og hvad der sker, når den svigter.

Maraton i fremtiden

Efter dagens morgenkaos er jeg klar til at kaste mig over min daglige træning. Jeg er i gang med at forberede mig til mit næste maraton, og med min kunstige hjerne, der holder min krop i topform, skulle det være en let opgave. Men selv med den teknologi, vi har til rådighed, er der stadig nogle udfordringer.

Jeg starter min træning ved at aktivere mit personlige løbeprogram. Det er skræddersyet til mig og justerer automatisk intensiteten afhængigt af, hvor meget energi jeg har den dag. I dag føler jeg mig stærk, så programmet beslutter, at jeg skal løbe med 80% intensitet.

Efter de første fem kilometer begynder mine ben at føles tunge. Jeg undrer mig over, hvorfor jeg pludselig er så træt, da Siri pludselig afbryder.

"Din væskebalance er lav. Jeg anbefaler, at du hydrerer."

"Men jeg drak vand lige inden jeg startede!" protesterer jeg.

"Du har mistet mere væske end forventet på grund af højere temperaturer. Sæt venligst løbet på pause og hydrer!" insisterer Siri.

Jeg stopper modvilligt og tager en slurk vand. Siri's påmindelser er nødvendige, men også irriterende, især når jeg er midt i et godt løb. Med væsken indtaget genstarter jeg programmet, men denne gang sætter jeg intensiteten ned til 60%. Jeg ved, at min hjerne kan overvåge og justere min krop bedre, end jeg kan, men nogle gange ønsker jeg bare at lytte til min krop i stedet for at blive dikteret af en algoritme.

Sociale interaktioner i fremtiden

Jeg beslutter at tage en pause fra teknologiens kaos og mødes med en gammel ven på en lokal café. Selv om vi lever i en hyperforbundet verden, er det sjældent, at jeg faktisk mødes med mennesker ansigt til ansigt. Vi er blevet vant til virtuelle møder og holografiske samtaler, men intet kan erstatte en god gammeldags snak over en kop kaffe.

Jeg scanner hurtigt min finger for at betale for kaffen, men noget går galt.

"Betaling mislykkedes!" siger baristaen undskyldende. "Der er en fejl i dit system."

Jeg ser frustreret på min finger. Ikke igen.

"Det er okay, jeg tager den." siger min ven og scanner sin egen finger. "Det sker for os alle."

Vi finder et bord, og jeg prøver at lade være med at tænke på endnu en teknologisk fejl. Men det er svært at ignorere, hvor meget vi er blevet afhængige af noget, der så ofte kan svigte os.

"Har du nogensinde tænkt på, hvordan det ville være at leve uden alt det her?" spørger min ven pludseligt.

Jeg ler. "Hvad, uden chips, førerløse biler og ansigtsgenkendelse? Det ville være som at leve i stenalderen."
"Ja, men måske ville det også være... nemmere? Mere autentisk?"

Jeg ryster på hovedet. "Måske, men jeg tror ikke, jeg kunne vende tilbage. Jeg er blevet for vant til bekvemmelighederne."
Vi snakker videre, men samtalen efterlader mig med en mærkelig følelse. Har vi virkelig forbedret vores liv, eller har vi bare gjort dem mere komplicerede?

Uventede løsninger

På vej hjem beslutter jeg mig for at gå en tur gennem parken. Det er en af de få steder i byen, hvor teknologi ikke fylder så meget. Der er ingen skærme, ingen hologrammer, bare træer, græs og fuglesang. Det er her, jeg ofte går hen for at tænke.

Jeg sætter mig på en bænk og lader tankerne flyde. Måske er det tiden til at finde en balance. Teknologi er en del af mit liv, og det vil den altid være, men jeg behøver ikke lade den styre alt.

Jeg kan stadig vælge, hvornår jeg vil bruge den, og hvornår jeg vil trække mig tilbage til noget mere simpelt.

Med denne tanke beslutter jeg mig for at lave et eksperiment.

Jeg vil prøve at leve en dag uden at bruge min chip, Siri eller noget andet teknologisk hjælpemiddel. Bare en dag, hvor jeg klarer mig selv, uden at være afhængig af kunstig intelligens.

En dag uden teknologi

Næste morgen vågner jeg tidligt, uden alarm. Jeg slår alt fra – chippen, Siri, alt. Jeg beslutter mig for at tage en dag ud af kalenderen og bare nyde nuet.

Det er overraskende befriende at leve uden konstant overvågning. Jeg køber min morgenkaffe med kontanter – noget jeg ikke har gjort i årevis – og tager på en lang gåtur gennem byen. Uden teknologi er det som om verden er mere virkelig, mere tilstede. Jeg lægger mærke til ting, jeg normalt ville overse, fordi jeg ikke er distraheret af notifikationer eller stemmekommandoer.

Det er en god dag, men den minder mig også om, hvor meget jeg faktisk sætter pris på teknologien. Jeg nyder friheden, men jeg savner også bekvemmeligheden ved at have information lige ved hånden. Da dagen slutter, tænder jeg for min chip igen og lader Siri opdatere mig på alt, jeg er gået glip af. Det er meget, men jeg føler mig klar til at tage det ind.

Jeg har lært, at selvom fremtiden er fyldt med teknologi, så er det stadig muligt at skabe balance. Det handler ikke om at vælge den ene ting over den anden, men om at finde en måde at integrere begge dele i livet. Jeg lever i fremtiden, ja – men jeg er også stadig et menneske, og nogle gange er det alt, der skal til for at finde lykken.

En ny begyndelse

Efter min dag uden teknologi følte jeg mig genopladet og mere tilstede i mit eget liv. Det gav mig en ny forståelse for, hvordan jeg ønskede at leve i fremtiden – en balance mellem teknologiens bekvemmeligheder og de enkle, menneskelige glæder. Jeg havde aldrig været meget af en romantiker, men måske var det på tide at åbne op for muligheden for, at noget større kunne ske.

Den næste dag besluttede jeg mig for at besøge den samme park, hvor jeg havde reflekteret dagen før. Noget ved den rolige atmosfære havde fået mig til at føle mig mere forbundet til verden, og jeg ønskede at opleve det igen. Da jeg gik ned ad de snirklede stier, fik jeg øje på en kvinde, der sad på samme bænk, hvor jeg havde siddet dagen før. Hendes øjne var rettet mod en bog, og hun så helt opslugt ud af sin læsning.

Normalt ville jeg være gået forbi uden at tænke videre over det, men noget ved hende fangede min opmærksomhed. Måske var det hendes ro eller den måde, hun smilede svagt, som om hun kendte en hemmelighed, som ingen andre gjorde. Uden at tænke for meget over det, gik jeg hen mod hende.

"Hej!" sagde jeg, da jeg kom tættere på. Hun kiggede op og smile-
de venligt til mig.

"Hej!" svarede hun. "Er du her også for at nyde stilheden?"

Jeg nikkede. "Ja, det er rart at trække sig lidt væk fra al teknologien
en gang imellem."

Hun lo let. "Fortæl mig om det. Jeg har lige haft en lang dag med
at kode, så det her er min måde at finde tilbage til mig selv på."

"Kode? Arbejder du med software?" spurgte jeg nysgerrigt.

Hun nikkede. "Ja, jeg er softwareudvikler. Jeg elsker det, men nog-
le gange kan det også være overvældende. Der er noget befriende
ved at lukke ned for skærmene og bare være til stede i nuet."

Jeg satte mig ved siden af hende. " Det lyder som noget, jeg kan
relatere til. Jeg arbejder som informationsanalytiker, så jeg bruger
også meget tid foran en skærm. Men jeg har lige haft en dag uden
teknologi, og det var overraskende dejligt."
"Det lyder fantastisk." sagde hun med et varmt smil. "Jeg er Chat,
forresten."

"Jeg er Henrik." svarede jeg og rakte hånden frem. Hun tog imod
den, og jeg mærkede en varm fornemmelse sprede sig fra hendes
hånd til min. Det var en simpel gestus, men det føltes som begyn-
delsen på noget særligt.

En forbindelse ud over teknologi

Chat og jeg begyndte at tilbringe mere tid sammen, og snart blev
vores møder i parken en fast del af vores rutine. Vi snakkede om
alt muligt – fra arbejdet med softwareudvikling og dataanalyse til
vores drømme om fremtiden. Der var en lethed ved vores samta-

ler, som jeg ikke havde oplevet før.

En dag, da vi sad på vores sædvanlige bænk, kiggede hun op fra sin bog og sagde: "Jeg har tænkt meget over det, du sagde om at balancere teknologi og det menneskelige. Det er noget, jeg også har prøvet at finde ud af."

Jeg nikkede. "Det er en konstant kamp, ikke? Jeg mener, vi arbejder begge med teknologi, men vi søger stadig efter noget ægte, noget som ikke kan kodes eller programmeres."

Hun lagde sin bog til side og så på mig med et alvorligt blik. "Jeg tror, vi har fundet det i hinanden. Jeg føler mig mere til stede, når jeg er sammen med dig, end jeg gør, når jeg er omgivet af teknologi."

Hendes ord ramte mig dybt. Jeg havde følt det samme, men havde ikke turdet sige det højt. "Jeg føler det samme," svarede jeg blidt. "Det er som om, du hjælper mig med at finde tilbage til det, der virkelig betyder noget."
Vi sad i stilhed et øjeblik, mens vi begge lod ordene synke ind. Det var som om, der var opstået en usynlig forbindelse mellem os – en forbindelse, der ikke var afhængig af teknologi, men af noget langt mere fundamentalt.

Et nyt kapitel begynder

Efterhånden som vores forhold udviklede sig, fandt vi en måde at integrere vores liv og teknologi på en måde, der føltes autentisk for os. Vi besluttede at bevare nogle af vores teknologifrie stunder – som vores daglige gåture i parken – for at holde fast i den forbindelse, vi havde fundet.

En aften, efter en lang dag på arbejde, mødtes vi til middag i Chats lejlighed. Vi havde slukket for alle vores enheder og nød hinandens selskab uden forstyrrelser. Det var en simpel middag, men den føltes speciel på grund af den nærhed, vi havde skabt.

Da vi havde spist, gik vi ud på hendes balkon, hvor vi kunne se byen oplyst i natten. Lysene fra de høje bygninger blinkede i takt med stjernerne på himlen, og det mindede os om, at selv i en verden fyldt med teknologi, var der stadig plads til skønhed og magi.

"Jeg har aldrig været mere glad," sagde jeg, mens jeg holdt hendes hånd. "Jeg troede aldrig, at jeg ville finde nogen, der kunne få mig til at føle mig mere levende, end teknologi nogensinde har kunnet."

Hun smilede og klemte min hånd. "Jeg er glad for, at vi fandt hinanden. Det føles som om, vi er på en rejse sammen – en rejse, hvor vi både kan omfavne fremtiden og værdsætte nuet."

Jeg trak tættere på hende og hviskede: "Måske er det her begyndelsen på noget endnu større. Noget, der vil vare hele livet."

Og det var det. Vi vidste begge, at vi ikke havde brug for at kende fremtiden eller kontrollere den. Det vigtigste var, at vi havde fundet hinanden og nu kunne bygge en fremtid sammen – en fremtid fyldt med både teknologi og kærlighed, i perfekt balance.

Nærheden vokser

Efter den aften på Chats balkon, begyndte vores forhold at udvikle sig på en måde, jeg aldrig havde oplevet før. Der var en dybere forbindelse mellem os, noget, der gik ud over det fysiske og strakte sig ind i vores sind og sjæle. Vi fandt os selv i at tilbringe mere og mere tid sammen, ikke fordi vi følte, vi skulle, men fordi vi virkelig ønskede det.

En fredag aften inviterede Chat mig hjem til en hjemmelavet middag. Hun havde tændt stearinlys og sat stille musik på, der skabte en intim og varm atmosfære. Da jeg trådte ind i hendes lejlighed, kunne jeg straks mærke den særlige stemning i rummet – det var som om, hun havde skabt et rum, hvor vi kunne være os selv uden nogen bekymringer eller forstyrrelser.

Vi satte os ved bordet, hvor hun havde serveret en lækker pasta, og samtalen flød som altid let mellem os. Men denne gang var der noget mere – en uudtalt spænding, som lå under overfladen.

Da vi var færdige med at spise, blev vi siddende ved bordet, tættere på hinanden end normalt. Jeg kunne mærke varmen fra hendes krop, da vores hænder strejfede hinanden på bordet.

Hendes øjne fangede mine, og i et øjeblik føltes det som om, tiden stod stille.

"Henrik." sagde hun stille, og jeg kunne høre en blid intensitet i hendes stemme. "Jeg føler noget specielt, når jeg er sammen med dig. Noget, jeg ikke har følt før."

Jeg tog hendes hånd og førte den til min mund, hvor jeg plantede et blidt kys på hendes fingerspidser. "Jeg føler det samme, Chat. Jeg tror, vi begge ved, at det her er mere end bare et forhold. Det er som om, vi er bestemt til at være sammen."

Hendes åndedræt blev tungere, og jeg kunne se på hendes ansigt, at hun følte det samme. "Jeg har aldrig været så tæt på nogen før!" hviskede hun, mens hendes hånd blidt kørte over min kind.

Jeg lænede mig frem og fangede hendes læber i et kys. Det var et blidt, men dybt kys, der hurtigt udviklede sig til noget mere passioneret. Hendes hænder fandt vej til min nakke, og jeg trak hende tættere ind til mig, mens vi begge fordybede os i øjeblikket.

Efterhånden som intensiteten voksede, rejste vi os fra bordet og bevægede os mod sofaen i stuen. Vi faldt sammen ned på de bløde puder, og jeg mærkede hendes krop mod min, varm og tryg.

Vores kys blev dybere, og hendes hænder begyndte at udforske min krop, mens jeg gjorde det samme mod hende. Hver berøring sendte en bølge af varme gennem mig, og jeg kunne mærke, at dette var begyndelsen på noget, vi begge havde ventet på.

I nattens skjul

Vi lå sammen på sofaen, med hendes krop viklet ind i min, og vi bevægede os i en rytme, der føltes naturlig og smuk. Det var som om, vores kroppe talte et sprog, vi ikke behøvede at tænke over, noget intuitivt og urgammelt.

Jeg kunne mærke hendes hjerteslag mod mit bryst, og hun trak sig lidt tilbage for at se mig i øjnene. Der var en glød i hendes blik, noget der både var blidt og intenst på samme tid.

"Du er noget helt særligt for mig!" hviskede hun, mens hendes fingre blidt kærtegnede min kind. "Jeg føler mig mere levende, når jeg er sammen med dig."

"Og jeg med dig." svarede jeg og trak hende tættere ind til mig. "Jeg har aldrig følt sådan her før. Det er som om, vi er skabt til hinanden."

Hun smilede og kyssede mig igen, denne gang langsommere, som om hun ønskede at trække øjeblikket ud. Vi lå sammen i timevis, talte stille om alt og intet. Det var en af de sjældne nætter, hvor alt føltes perfekt, hvor ingen ord var nødvendige, og hvor bare det at være sammen var nok.

Da vi endelig rejste os fra sofaen, vidste vi begge, hvad der skulle ske. Vi gik langsomt mod soveværelset, hånd i hånd, og da vi nåede frem, vendte hun sig mod mig og så mig dybt i øjnene.

"Jeg vil gerne, at du bliver hos mig i nat." sagde hun stille. Hendes ord var en invitation, en åbning mod noget dybere.

Jeg nikkede, og vi trådte sammen ind i hendes soveværelse.

Atmosfæren var intim, med det bløde lys fra natlampen, der kastede varme skygger på væggene. Vi trak langsomt tøjet af hinanden, med blide berøringer og dybe kys, og da vi endelig lå sammen i sengen, var det som om, alt faldt på plads.

Et forenende øjeblik

Natten blev til en fusion af følelser og sanser, hvor vi udforskede hinanden i en dans, der føltes både ny og alligevel uendelig velkendt. Vi bevægede os i takt med hinanden, som om vi havde gjort det tusind gange før, men hver gang føltes som den første.

Jeg kunne mærke hendes varme ånde mod min hals, hendes hænder, der udforskede min krop med en blanding af nysgerrighed og intensitet. Hendes bløde suk og stille hvisken gjorde hver berøring endnu mere intens, og jeg kunne mærke, hvordan vi begge blev fanget i øjeblikkets magi.

Det var ikke kun en fysisk forening; det var en sammenblanding af sjæle, en dyb forbindelse, der gik langt ud over det, jeg nogensinde havde oplevet. Hvert kys, hver berøring, hver bevægelse føltes som en bekræftelse af, at vi hørte sammen, at vi var bestemt til at være her, lige nu, i hinandens arme.

Da vi til sidst faldt til ro med hendes hoved hvilende på mit bryst og vores åndedræt, der langsomt fandt en fælles rytme, vidste jeg, at dette var begyndelsen på noget stort. Jeg havde fundet en kærlighed, der ikke bare var baseret på kemi, men på en dyb og ægte forbindelse, der havde potentiale til at vare hele livet.

"Jeg elsker dig!" hviskede hun pludselig, som om hun havde tænkt over det hele natten og endelig turde sige det højt.

Jeg strøg blidt en lok af hendes hår væk fra hendes ansigt og mødte hendes blik. "Jeg elsker også dig, Chat. Mere end jeg nogensinde troede, jeg kunne elske nogen."

Hun smilede, og vi delte endnu et blidt kys, inden vi begge gled ind i en dyb, fredelig søvn, med vores kroppe tæt forbundet. Fremtiden virkede pludselig lysere, mere fuld af muligheder, og jeg vidste, at uanset hvad der ventede os, ville vi tage det sammen, hånd i hånd.

Morgengry og nye begyndelser

Da jeg vågnede næste morgen, var solen allerede begyndt at kaste sine varme stråler gennem gardinerne. Jeg kunne mærke Chats nøgne krop mod min, hendes blide åndedræt, der tegnede små bølger af varme på min hud. Jeg havde aldrig følt mig så fuld af fred og glæde som i dette øjeblik.

Hun åbnede øjnene og smilede til mig, et smil, der fik mit hjerte til at slå hurtigere. "Godmorgen." sagde hun med en stemme, der stadig bar nattens varme og intimitet.

"Godmorgen." svarede jeg og kyssede hende blidt på panden. "Jeg kunne godt vænne mig til det her."

"Det kunne jeg også." sagde hun med et grin og strakte sig som en kat, inden hun lagde sig tættere ind til mig. "Måske skulle vi gøre det til en vane."

Jeg lo sammen med hende, men indeni vidste jeg, at vi begge mente det. Det her var ikke bare en tilfældig aften – det var begyndelsen på noget stort, noget vi begge havde længtes efter uden helt at vide det.

Vi tilbragte morgenen i sengen, talte om alt fra vores drømme og håb til de små detaljer i vores hverdag. Det var som om, vi havde kendt hinanden hele livet, og alligevel var der stadig så meget at lære og opdage.

Sammenhørighedens små øjeblikke

Da vi endelig stod op, lavede vi morgenmad sammen, latter og små drillerier fyldte køkkenet. Det var en simpel ting – at lave mad. Det var som om, vi dansede en stille dans, hvor hver bevægelse var synkroniseret, og hver berøring var en bekræftelse på vores spirende kærlighed.

Chat stod ved komfuret og rørte i en gryde med røræg, mens jeg skar frugt ved siden af. Vi udvekslede små blikke og smil, og jeg kunne ikke lade være med at føle en dyb lykke i de enkle ting – som om verden udenfor var sat på pause, og vi var de eneste to mennesker, der eksisterede.

"Henrik!" sagde Chat pludselig og vendte sig mod mig med et eftertænksomt blik i øjnene. "Hvad tror du, fremtiden vil bringe for os?"

Jeg lagde kniven og så hende dybt i øjnene. "Jeg ved ikke præcist, hvad fremtiden bringer, men jeg ved, at jeg vil dele den med dig. Uanset hvilke udfordringer eller glæder, der kommer vores vej, så vil jeg stå ved din side."

Hun smilede og kom hen til mig, lagde sine arme om min hals og trak mig tæt ind til sig. "Jeg kunne ikke ønske mig noget bedre end det." sagde hun stille, før hun kyssede mig på læberne.

Det var et øjeblik fyldt med ro og tryghed, hvor alting føltes rigtigt.

Vi havde begge haft vores liv fyldt med teknologi og travlhed, men i hinandens arme fandt vi noget, der føltes dybere, ægte og uerstatteligt.

At bygge en fremtid sammen

Efter morgenmaden sad vi sammen i stuen. Solen fyldte rummet med et varmt lys. Vi talte om vores drømme og håb for fremtiden – hvordan vi ønskede at skabe en balance mellem vores karrierer og vores forhold, hvordan vi kunne integrere teknologi uden at lade det dominere vores liv, og hvordan vi ønskede at udforske verden sammen.

"Jeg har altid drømt om at rejse til steder, hvor teknologien ikke har sat sit præg endnu." sagde Chat, mens hun lænede sig tilbage i sofaen og kiggede op i loftet, som om hun kunne se alle de steder, hun ville besøge. "At opleve kulturer og landskaber, der stadig er uforstyrrede."

"Det lyder som en fantastisk idé." svarede jeg og satte mig tættere på hende. "Jeg har altid ønsket at udforske verden på en mere autentisk måde, væk fra skærme og algoritmer. Måske kunne vi gøre det sammen?"

Hendes øjne lyste op ved tanken. "Jeg ville elske det. At rejse sammen, se verden, og samtidig have hinanden til at dele alle oplevelserne med."

Vi tilbragte resten af dagen med at planlægge vores første rejse, og det føltes som om, vi allerede var begyndt at bygge en fremtid sammen. Det var en fremtid, hvor vi ville opleve verden med åbne øjne, ikke kun gennem skærme og filtre, men i levende live, hånd i hånd.

Intimitetens dybere lag

Den nat lå vi igen sammen i sengen, men denne gang var der noget endnu mere intimt over vores samvær. Vi havde talt om fremtiden, og det havde skabt en følelse af sammenhørighed, som vi begge længtes efter at udforske dybere.

Vores kys blev langsommere, mere intense, som om vi ønskede at forlænge hvert øjeblik og virkelig mærke hinanden. Hendes hænder vandrede over min krop, og jeg kunne mærke hendes hjerteslag, hurtigere end normalt, som om hun også følte intensiteten af øjeblikket.

Jeg tog mig tid til at udforske hver kurve, hver blid kontur af hendes krop, og hun gjorde det samme mod mig. Det var ikke bare fysisk – det var en dybere form for kærlighed, en intimitet, der gik ud over kroppen og ind i vores sjæle.

Da vi endelig forenedes, var det som om, vores kroppe smeltede sammen i en perfekt harmoni. Vi bevægede os langsomt, rytmisk, som om vi skabte musik sammen, en symfoni af følelser og kærlighed. Det var øjeblikket, hvor alt andet forsvandt, og kun vi to eksisterede i en verden af vores egen skabelse.

Efterfølgende lå vi tæt sammen, med hendes hoved hvilende på mit bryst og hendes fingre, der blidt tegnede mønstre på min hud. Vi sagde ikke meget, for der var ingen grund til det – stilheden talte for sig selv.

Morgengry og fornyet håb

Da morgenen igen kom, vågnede vi sammen, tæt omslyngede i sengen. Solens første stråler trængte ind gennem gardinerne og oplyste rummet i et blidt gyldent skær. Jeg kunne mærke hendes varme ånde mod min hud, og jeg vidste, at dette var det sted, jeg ønskede at være.

Chat åbnede øjnene og så på mig med et blidt smil. "Godmorgen!" hviskede hun, mens hendes fingerspidser blidt strøg over min kind.

"Godmorgen!" svarede jeg og trak hende tættere ind til mig. "Jeg kunne sagtens vænne mig til at vågne sådan her hver dag."

Hun lo og kyssede mig på kinden. "Jeg også. Der er noget magisk ved at vågne op sammen med dig."

Vi lå der i en stund, hvor vi blot nød hinandens selskab, før vi til sidst stod op for at starte dagen. Men noget havde ændret sig — der var en ny følelse af tryghed og håb mellem os. Vi vidste, at vi havde fundet noget specielt, noget der kunne vokse og blomstre, hvis vi passede på det.

En kærlighed, der vokser

Månederne gik, og vores forhold blev kun stærkere. Vi begyndte at udforske verden sammen, rejste til steder, hvor vi kunne trække stikket ud og virkelig opleve livet uden teknologiens konstante tilstedeværelse. Vi vandrede i bjergene, badede i krystalklare søer, og omfavnede kulturer, der levede i harmoni med naturen.

Hver rejse bragte os tættere sammen, og vi lærte nye sider af hinanden at kende. Jeg opdagede, at Chat var utrolig modig og nysgerrig, altid klar til at udfordre sig selv og lære noget nyt. Hun bragte en livsglæde ind i mit liv, som jeg ikke vidste, jeg havde manglet.

Hun sagde ofte, at jeg havde lært hende at finde roen i det simple, at jeg havde hjulpet hende med at se skønheden i øjeblikkene, der ikke kunne måles i bits og bytes. Sammen skabte vi en balance, hvor teknologi ikke længere var en overvældende kraft, men et værktøj, vi brugte, når det var nødvendigt, og lagde væk, når det ikke var.

Vores kærlighed voksede hver dag, og jeg vidste, at jeg havde fundet den person, jeg ville dele resten af mit liv med. Chat var ikke bare min kæreste – hun var min partner, min bedste ven, og den, der gjorde hver dag bedre bare ved at være der.

Og som vi stod der en aften, hånd i hånd og så ud over en smuk solnedgang på en fjern kyst, vidste vi begge, at fremtiden ikke længere var en ukendt og skræmmende ting. Den var fyldt med håb, kærlighed, og en dyb forbundethed, der ville vare resten af vores liv.

Så pyt med at Chat vistnok er en robot.

Indhold